# UN ENGAÑO VERDE

UN THRILLER DE SUSPENSE Y MISTERIO DE
KATERINA CARTER, DETECTIVE PRIVADA

## COLLEEN CROSS

Traducido por
CINTA GARCÍA DE LA ROSA

SLICE THRILLERS

# OTRAS OBRAS DE COLLEEN CROSS

Los misterios de las brujas de Westwick

*Caza de brujas*

*La bruja de la suerte*

*Bruja y famosa*

*Brujil Navidad*

Serie de suspenses y misterios de Katerina Carter, detective privada

*Maniobra de evasión*

*Teoría del Juego*

*Fórmula Mortal*

*Greenwash: Un Engaño Verde*

*Fraude en rojo*

*Luna azul*

No-Ficción:

*Anatomía de un esquema Ponzi: Estafas pasadas y presentes*

*¡Inscríbete su boletín para estar al tanto de sus nuevos lanzamientos!*
http://eepurl.com/cojs9v

www.colleencross.com

# UN ENGAÑO VERDE

La forense contable Katerina Carter y su novio Jace Burton se embarcan en una salida de fin de semana en una lujosa cabaña en la cima de una montaña. Mientras él escribe la biografía de un ecologista billonario, ella explora la nevada naturaleza.

Es justo antes de navidad, Kat está entre casos, disfrutando de un marco invernal incomparable, cuando dos manifestantes locales mueren bajo misteriosas circunstancias. Kat y Jace deben correr contrarreloj para descubrir la verdad y salvarse de un desastre aún más letal.

Si os gustan los misterios salpicados de suspense sobrecogedor, os encantará Greenwash: Un Engaño Verde. ¡Es una aventura de infarto!

# 1

Katerina Carter miró a su novio, Jace Burton. Él se pasaba la mano distraídamente por su oscuro cabello rizado, con la cabeza inclinada, mientras se concentraba en sus notas. Dennis Batchelor había enviado su avión privado a Vancouver para recogerles. El ecologista billonario había escogido personalmente al periodista Jace para escribir su biografía. Había insistido en reunirse con Jace en su remota cabaña en las Montañas Selkirk, al sureste de British Columbia.

Ni Kat ni Jace habían volado antes en un avión privado. Kat no podía apartar la mirada de las vistas mientras los motores gemelos Cessna ganaban altitud y dejaban el paisaje de cristal y cemento de Vancouver atrás. Jace, por otro lado, permanecía completamente ignorante a su lujoso entorno. Eran los únicos pasajeros a bordo.

El cavernoso interior del avión era opulento en comparación a un avión comercial. Kat estiró las piernas y se sorprendió al no golpear el asiento delante de ella. De hecho, no había asiento delante de ella. El cómodo mobiliario era más bien algo que verías en una oficina de un ejecutivo o en un salón, y no en el típico interior de un avión. El mobiliario de la cabina incluía una mesa rectangular de roble con sus sillas correspondientes, algo similar a una sala de conferencias simplificada. Kat y Jace estaban sentados en dos de la media docena de sillones reclinables de cuero, con una mesa entre los dos. Desde luego era mejor que volar en turista.

Kat esperaba con ganas su aventura de fin de semana. Estaba entre dos casos de su empresa de contabilidad forense e investigación de fraudes, y el negocio iba más lento conforme se acercaban las navidades. Estaba impaciente por sus mini vacaciones en las montañas. Con solo dos semanas antes de navidad, se estaba contagiando del espíritu festivo.

En menos de dos horas serían los invitados de Batchelor en su invernal cabaña en la cima de la montaña. La época del año, junto con lo remoto de la cabaña de montaña de Batchelor, hacía que el único factible modo de transporte fuera por aire. Ella estaba preparada para dejarse llevar por el viaje... y por el fin de semana.

La zona tenía una historia interesante y estaba deseando explorarla. Aterrizarían en Sinclair Junction, el único pueblo de cualquier tamaño cerca de la cabaña de Batchelor. Fue fundado sobre una veta de oro y había prosperado cuando el ferrocarril se extendió hacia el oeste. Pero había caído en un siglo de tiempos duros hasta su reciente resurrección como la capital informal del cultivo de marihuana en Canadá. Era un extraño lugar para que el billonario estableciera su hogar.

Quizás no fuera tan extraño como parecía. El ecologista y fundador de Earthstream Technologies había hecho una fortuna por ser amante de la naturaleza.

Nada de esto había estado siquiera en su radar hasta que llamó a Jace de improviso para que escribiera su biografía. Era una oferta que no podía rechazar. No solo por el cheque de seis cifras, sino también por la publicidad que recibiría como biógrafo de Batchelor.

Escribir unas memorias biográficas estaba muy lejos del trabajo como periodista freelance de Jace para *The Sentinel*. Pero aún así era escribir, y la diversificación era algo bueno teniendo en cuenta el declive de la industria periodística. Escribir la biografía de un billonario se pagaba bien, y podría ayudar a Jace a realizar la transición de su talento literario para desarrollar una nueva carrera.

Tras solo veinte minutos de vuelo desde Vancouver ya habían dejado las Coast Mountains atrás. El cielo estaba despejado y debajo había una vasta expansión de bosque, interrumpido solo por el lago azul que brillaba como una joya bajo los brillantes rayos del sol invernales. Más adelante se cernían los picos cubiertos de nieve de las escabrosas cordilleras Selkirk y Purcell y, más allá, las Montañas Rocosas. Una vez hubieran aterrizado en Sinclair Junction, les recibiría un chófer para llevarles a las montañas y a la cabaña de Dennis Batchelor.

El ecologista había convertido su activismo ecológico en un negocio de un billón de dólares. Lo había conseguido con una consultoría ecológica, compañías de energía solar y eólica, y generalmente "invirtiendo en verde", como le gustaba decir.

—¿Qué voy a hacer yo, Jace?— Todo el fin de semana sin nada que hacer, un enorme cambio de su rutina de trabajo habitual las veinticuatro horas del día. Como la única empleada de su creciente negocio de contabilidad forense e investigaciones de fraudes, no estaba acostumbrada a tener tiempo libre. —Debería haber traído algo de trabajo.

Jace sacudió la cabeza. —Esta es la perfecta oportunidad para que te relajes. Mientras yo trabajo, tú puedes relajarte y divertirte para variar.

—Planeo hacerlo, pero no estoy segura de poder hacerlo todo el fin de semana—. Le dio unas palmaditas a su bolsa de viaje como medida de seguridad. Dentro había guías y mapas de la zona. Podía pasear con raquetas de nieve o hacer senderismo, dependiendo de la cantidad de nieve que cayera. También había traído media docena de novelas de misterio por si acaso se viera obligada a permanecer dentro de la casa. Con lo único que tenía problema era con no hacer nada de nada.

—No es tan difícil una vez que te acostumbras. Piensa en esto como tu intervención. Por una vez las tornas han cambiado. Yo estaré trabajando todo el fin de semana—. Jace completaría un primer borrador para que Batchelor lo revisara y aprobara para cuando se marcharan el domingo, y luego terminaría el libro una vez volvieran a Vancouver.

No había nada de malo en tomarse tiempo libre, decidió Kat. Era solo que no estaba acostumbrada. En cualquier caso, ella se había llevado el ordenador portátil como plan B por si acaso surgía algún problema en el despacho.

Una severa tormenta invernal había sacudido la zona durante los pasados días, así que sus planes de viaje habían estado en el aire hasta esta mañana, cuando el tiempo había mejorado temporalmente. ––Espero que no nos quedemos aislados por la nieve ––dijo Kat. ––Tengo una reunión con un cliente en el despacho a primera hora del lunes.

––Estoy seguro de que el tiempo se mantendrá––. Jace levantó la vista de su cuaderno. Era un ávido amante de la naturaleza, así como un voluntario en las partidas de búsqueda y rescate. Prácticamente idolatraba a Batchelor por su trabajo medioambiental. ––Aún no consigo creer que me eligiera a mí, de entre todo el mundo, para escribir su biografía. Podría haber contratado a cualquiera.

––No eligió a cualquiera––. Ella colocó su mano encima de la suya. ––Él te eligió a ti.

––Estoy un poco nervioso. ¿Y si la fastidio?–– La habitual autoestima de Jace brillaba por su ausencia porque estaba muy encandilado con Batchelor.

Kat le apretó la mano. ––No seas ridículo. Llevas escribiendo para *The Sentinel* más de diez años. Te eligió porque eres un gran escritor.

––Nunca he escrito un libro completo antes, y mucho menos la biografía de un famoso billonario.

––Puedes hacerlo. Podría abrirte la puerta a nuevas oportunidades.

––Lo sé –suspiró Jace. ––De algún modo no pensaba que mi primer libro sería una biografía. Pensaba que sería una novela de acción o algo así.

––No importa. Sabes escribir y Batchelor confía en ti. Tu experiencia al aire libre te da muchas cosas en común con él––. Además de participar como voluntario en las partidas de búsqueda y rescate,

Jace era un ávido senderista y esquiador. Si tenía que ver con estar al aire libre, tenía que ver con Jace. Ambos hombres amaban la naturaleza y respetaban el medio ambiente.

—Espero que no te aburras tú sola, ya que estaré muy ocupado día y noche con este hombre. Tengo que completar un primer borrador para cuando acabe el fin de semana. ¿Qué es lo que vas a hacer?

Kat se rio. –Ya pensaré en algo––. Aunque sería agradable relajarse para variar, quizás ella pudiera echarle una mano. Jace a menudo ayudaba en sus investigaciones sobre fraudes; quizás ella pudiera devolverle el favor. ––Estoy segura de que tendremos algunos momentos robados.

—No puedo prometerte nada. Ya sabes como son estos magnates. Tengo el presentimiento de que estaré con él todo el tiempo que esté despierto.

—Está bien. Siempre puedo ir a explorar al pueblo.

Kat echó un vistazo a las notas de Jace. ––¿Hay algo prohibido en su biografía? Apuesto a que tiene secretos que contar.

—No habría aceptado el trabajo si fuera así––. Jace estiró sus largas piernas. ––Ni pondría mi nombre en el libro. Un poco de controversia es bueno. Es el tipo de cosas que la gente quiere leer.

—Lo convierte en objetivo y equilibrado. Si ese fuera el caso, te irá perfectamente bien––. Dennis Batchelor era reverenciado por su trabajo medioambiental, pero tenía montones de enemigos por su enfoque sin limitaciones. Algunos le acusaban de egoísmo, poniendo sus objetivos personales por delante de sus causas ecológicas con tácticas para llamar la atención de los medios. Pero esa misma crueldad separaba a los billonarios de los perdedores.

Kat examinó la lujosa cabina. El avión tenía menos de la mitad del número de asiento que un avión comercial y el ambiente era mucho más informal. Ni seguridad ni colas para embarcar, nada de equipaje apretujado en los compartimentos de arriba de los asientos, y nada de pasajeros indisciplinados. Era la primera, y probablemente la última vez, que había volado en un avión privado.

Habían comido salmón ahumado, bruchetta, y quesos exóticos,

todo acompañado de agua mineral con gas. Definitivamente podía acostumbrarse a ese tratamiento de estrella del rock. Pero más le valía no acostumbrarse, porque el vuelo solo duraba una hora. Ella era totalmente consciente de que era probablemente la única vez que experimentaría tales lujos. Estaba muy lejos de los abarrotados vuelos comerciales en los que tenías que llevarte tu propia comida a los que estaba acostumbrada.

Batchelor había fundado GreenThink, el grupo de presión medioambiental famoso por su postura contra la tala indiscriminada, las piscifactorías, y en general todo lo que combinara grandes empresas con naturaleza. Desde su nacimiento hacía treinta años, habían presionado a los gobiernos y habían inspirado la protección y conservación del medio ambiente.

En un giro irónico, el tenaz cruzado ecologista se había convertido en el rostro de una gran empresa. Earthstream Technologies, su propia compañía increíblemente exitosa, había surgido de su trabajo medioambiental y había disparado su imperio empresarial multibillonario. La tecnología de descontaminación patentada por Earthstream curaba lugares contaminados en una fracción del tiempo y del coste que los productos de sus competidores.

El lema de Earthstream, "El Verde Hace el Bien", era cierto en más de un sentido. Las compañías de Batchelor empleaban tecnologías que mejoraban o conservaban el medio ambiente. Además de la limpieza y descontaminación del medio ambiente, la compañía había desarrollado una tecnología patentada que disolvía las toxinas sin productos químicos agresivos. Earthstream era un caso de libro de cómo hacer el bien también podía ser rentable.

Kat se sacudió en su asiento cuando el Cessna entró en una zona de turbulencias. Miró por la ventanilla para ver que el cielo brillante y sin nubes se había oscurecido con nubes altas.

El Cessna comenzó su descenso. Atravesó las nubes, exponiendo empinadas montañas cubiertas de nieve y el vívido azul turquesa de un lago alimentado por un glacial acunado en un gran valle. El avión rodeó el agua antes de aterrizar en la pista junto al lago.

Bajaron del avión bajo la cegadora luz del sol y una fría brisa que soplaba desde el lago. La nieve cubría las colinas circundantes. Kat se estremeció dentro de su grueso abrigo mientras contemplaba la siguiente fase de su viaje hasta la cabaña de Batchelor en lo alto de la montaña.

Fueron recibidos por un alto hombre de unos cuarenta años con barba. Estiró su mano hacia ellos y sonrió. —Ranger. Yo les llevaré a la cabaña.

Kat se preguntó si era su nombre o su apellido, pero nunca tuvo oportunidad de preguntar. Al cabo de unos segundos ella y Jace estaban metidos de lleno en una animada conversación sobre equipos de esquí.

Kat miró en torno a la pista de aterrizaje y notó poca actividad en el pequeño aeropuerto. El suyo era el único vuelo, aunque otra media docena de aviones estaban aparcados dentro o fuera de sus hangares. Aparte del Land Cruiser de Ranger, no había más vehículos para recibir a los vuelos.

Ella sabía que el pueblo estaba pasando por malos momentos, pero había esperado ver más señales de vida. Se colgó la mochila al hombro y siguió a Ranger y Jace hacia la furgoneta.

Pronto iban subiendo por una empinada carretera hacia la zona principal del pueblo. Vislumbró partes del centro histórico mientras lo atravesaban, y ya se sentía enamorada de los edificios de piedra y ladrillo de finales del siglo diecinueve. El auge del oro y la plata había surgido hacía cien años, seguido de meras décadas como centro de transporte por ferrocarril. La arquitectura quedaba como prueba de su efímera prosperidad.

Tras casi un siglo de lento declive, el pueblo se había reinventado como la capital no oficial de la marihuana en British Columbia, pero incluso ese comercio se había agotado. Cualquier fortuna que se hubiera conseguido en las colinas había desaparecido junto con la gente, y el pueblo parecía gastado y desastrado.

Ella quería quedarse a explorar, pero su destino final estaba aún a una hora de distancia. Tras varias manzanas de cafeterías cerradas y escaparates de aspecto cansado, el pueblo dio paso a una carretera de dos carriles rodeada por densos bosques. Solo unos cuantos coches pasaron en dirección opuesta durante todo el trayecto, así que Katerina se quedó sorprendida cuando de repente se detuvieron tras tres cuartos de hora.

Una docena de vehículos, principalmente camiones y todoterrenos, estaban aparcados precariamente en la curva. Ranger frenó y giró hacia el camino de grava directamente delante de los coches. Uno de los vehículos bloqueaba la carretera.

Estaban en mitad de la nada. ¿De dónde habían salido los coches?

Varias docenas de hombres y mujeres estaban ocupando la carretera a unos cien metros del desvío de la carretera. Portaban carteles de protesta. Una mujer más mayor que estaba en el centro se separó del grupo y comenzó a caminar hacia ellos. Era un piquete.

Kat se removió en su asiento. —¿Quiénes son estas personas?

Ranger frenó el vehículo hasta que solo se movía mínimamente. —Un puñado de radicales. Hay muchos por aquí.

—¿Qué quieren? —preguntó Jace.

Los hombres y mujeres que bloqueaban la carretera llevaban pancartas. Una decía "Protejamos nuestra agua potable." Otra decía "Vivimos aquí. No al agua tóxica."

A varios metros carretera abajo, otro grupo se arremolinaba alrededor de una hoguera improvisada en un bidón. Una estructura semipermanente de contrachapado proporcionaba refugio. Varias sillas de plástico estaban desperdigadas debajo.

—Todo y nada —dijo Ranger. —Están completamente en contra de cualquier tipo de progreso. Como si sus casas y granjas no fueran lo mismo.

Kat le lanzó una mirada a Jace. —¿Vives por aquí?

Ranger asintió. —Vivo en los terrenos de la cabaña, en otra pequeña cabaña independiente.

Kat supuso que se refería a que no era el propietario de ningún terreno en la zona. Explicaba su actitud indiferente hacia el progreso. No le importaba nada ya que él no tenía propiedades en juego.

—¿Qué pasa con el agua potable? —preguntó Kat.

—En realidad, nada. Están exagerando y creando problemas con sus tácticas de intimidación.

—¿Por qué harían eso?

—Hay una vieja mina cerca de aquí. Lleva cerrada un par de años, así que no hay actividad. De todos modos, una pequeña sección del embalse de relave, que es donde acaban los disolventes, el agua, y las rocas de desecho, se rompió y creen que está contaminando el agua.

—¿Y no lo hace? —preguntó Jace.

–Técnicamente sí, pero es bastante irrelevante. El agua del embalse de relave se desbordó, pero nunca llegó a Prospector's Creek. Las aguas subterráneas dieron positivo en agentes contaminantes, pero eso fue hace tres años. El lugar ha sido completamente limpiado y nada llegó nunca al suministro de agua ni a la propiedad de nadie. Pero no es así como lo ven ellos. Afirman haber sufrido pérdidas, pero yo digo que simplemente están buscando una excusa para un enfrentamiento—. Ranger detuvo el vehículo cuando se acercó al grupo.

—Si esta zona es tan aislada, ¿por qué están siquiera aquí? —preguntó Kat.

Ranger la miró a los ojos por el espejo retrovisor. Su ceño se frunció. —¿Qué quieres decir?

—Bueno, ellos pueden estar ahí durante días sin que ningún vehículo aparezca.

—Me vieron salir y sabían que volvería, así que reunieron a las tropas —dijo.

—Pero la protesta no tiene ningún impacto en ti, ¿verdad? ¿La manifestación es por nosotros? ¿Por los invitados?

—En parte sí. Pero aún cuando vosotros no estuvierais aquí, habrían bloqueado la carretera. Les gusta acosarnos. Pero como he dicho, no tiene sentido. El agua está limpia, siempre lo ha estado, y es analizada regularmente–. Ranger detuvo el vehículo cuando una esbelta mujer de unos sesenta años se acercó a la furgoneta. —De todos modos, no tiene nada que ver con Dennis.

Ranger bajó su ventanilla. —Elke.

—No puedes pasar.

—No puedes detenerme. Vivo aquí.

Elle miró dentro de la furgoneta. —¿Quiénes son estas personas?

—No es asunto tuyo. Pero te lo diré de todos modos. Son amigos de Dennis. Ahora sé buena vecina y déjanos pasar.

Elke hizo una mueca pero se retiró de la furgoneta. Ranger condujo despacio al pasar junto al grupo mientras nos gritaban insultos.

Una vez hubieron atravesado la multitud, Kat se giró para mirar atrás. —Tienes ahí un buen comité de bienvenida.

Los manifestantes soltaron sus pancartas y volvieron a su improvisado refugio de madera contrachapada. —Hace un frío horrible para estar ahí fuera.

—Los inteligentes se marcharon hace mucho tiempo —dijo Ranger. —Pero siempre hay unos cuantos reaccionarios.

—¿Y Elke es una de ellos?

—Sí. Ella y su marido quieren un acuerdo económico. Ridículo, ya que no se les ha causado ningún daño. Dicen que el valor de su propiedad ha bajado, pero los valores de las propiedades siempre han sido bajos por aquí. Simplemente están buscando una excusa para ganar dinero.

—¿Por qué molestar a Dennis? ¿Dónde están los propietarios de la mina? –preguntó Jace.

—Fuera del país —dijo Ranger. —Como los propietarios de la mina no están por aquí, creen que conseguirán atención si acosan a Dennis. Intentamos ignorarles.

—¿Dónde está esa mina?— Kat no había visto ningún tipo de actividad empresarial desde que salieran de Sinclair Junction.

—La Mina Regal Gold está al subir la carretera. Es fronteriza con la propiedad de Dennis. Si un activista ecológico como Dennis no está preocupado por ello, ellos tampoco deberían estarlo. Están haciendo una montaña de un grano de arena. Solo buscan pelea.

—¿Quién es exactamente el propietario de la mina? —preguntó Jace.

—Los propietarios de Minas Regal Gold es una empresa china a la que le gusta mantenerse en un discreto segundo plano. No hay modo de contactar con el propietario ausente. Los manifestantes se han quejado al gobierno, quien dice que tampoco es responsabilidad suya. Así que me imagino que lo mejor que pueden hacer a continuación es ir tras Dennis, ya que es ecologista. Piensan que pueden avergonzarle para que se una a su causa—. Sacudió la cabeza. —Se equivocan. A él no le gusta que le digan lo que tiene que hacer.

Kat se rio. —Es un poco irónico, ¿no crees? ¿El que Dennis Batchelor sea el objeto de una manifestación?

Ranger permaneció en silencio. Esta vez no la miró por el espejo retrovisor.

Ella pensaba que era gracioso, pero quizás debería haber mantenido la boca cerrada.

Siguieron conduciendo por la empinada carretera de grava mientras subían más por la montaña. Cada pocos minutos había un claro en los árboles y Kat podía ver el valle allí abajo. Era impresionante. Enormes montañas rodeadas por un lago turquesa, bordeado a su vez de nieve.

—Esto es muy hermoso, tan inmaculado y salvaje—. Ella entendía por qué Batchelor había elegido la zona para que fuera su hogar. Estaba a un rápido viaje desde Vancouver en avión, aunque aislado y no fácilmente accesible para la prensa y el público en general.

Minutos más tarde, la carretera se niveló y salieron a una gran meseta en la cima de la montaña. La cabaña de Dennis Batchelor era visible a dos kilómetros de distancia en el borde de la meseta. La enorme estructura de piedra y madera estaba construida sobre un saliente rocoso que sobresalía del paisaje que, por otro lado, era llano. Parecía una cabaña de troncos que estuviera puesta de esteroides muy caros. Estaba rodeado por edificios más pequeños y bosque en dos laterales. La fachada principal era de cristal y miraba al valle de abajo.

DISFRUTARON de capuchinos calientes en el gran salón mientras preparaban su habitación. Era una cabaña independiente construida en el borde del acantilado. A Kat le estaba gustando todo cada vez más.

El gran salón de la cabaña era más grande que toda su casa. Ventanales desde el suelo hasta el techo estaban entremezclados con enormes vigas de madera y piedra, dándole un aspecto de grandeza informal. La única pared albergaba una enorme chimenea de piedra con un rugiente fuego. El hogar estaba flanqueado por fotografías de Batchelor a lo largo de los años. Las fotografías iban en orden cronológico, una línea temporal fotográfica de la vida de Batchelor y el movimiento medioambiental que había inspirado.

La primera fotografía era la que le había proporcionado a Batchelor seguidores a nivel internacional. Varios manifestantes bloqueaban una carretera forestal, entre ellos un desafiante y veinteañero Dennis Batchelor, el punto central de la imagen. Se había encadenado a un viejo árbol centenario de la especie Pícea Sitka. Sonreía desafiante a la cámara. Una docena de taladores le miraban, su camino bloqueado. La policía estaba entre los taladores, reticente a tomar cualquier acción que pudiera provocar una pelea.

Un momento congelado por la lente de una cámara había sido el catalizador para influir en la opinión pública sobre los apuros de Carmanah Valley y sus legendarios espíritus oso. Había habido protestas durante años, pero ese día fue el día decisivo. Los manifestantes se movilizaron en masa para unirse a la lucha. Marcó el principio de la cruzada ecológica de Batchelor.

Aunque Batchelor estaba lejos de ser el primero de los manifestantes, su carisma y ultrajantes maniobras para llamar la atención atrajeron a una masa crítica de seguidores. Sus temerarias tretas creaban geniales vídeos, y adquirió la categoría de héroe de acción casi mítico. Muchas de sus estratagemas eran directamente peligrosas, pero recibió la atención que buscaba. No se lo pensó dos veces antes de lanzarse desde un avión para caer justo en medio de una operación de tala indiscriminada.

Su idealismo junto con su juvenil hermosura se ganó muchos seguidores, especialmente seguidoras. La opinión pública obligó al gobierno a preservar y proteger lo que quedaba del bosque de árboles centenarios.

Todavía estaba en la veintena cuando fundó GreenThink, el movimiento ecológico fundamental que había inspirado a toda una generación de jóvenes. Varios años más tarde, combinó su pasión por el medio ambiente con una ristra de exitosos negocios. El más reciente, Earthstream Technologies, era una historia de éxito billonaria. Kat se preguntaba si el hippie encadenado al árbol se había imaginado alguna vez que sería un billonario famoso algún día.

—Habéis llegado––. Una profunda voz masculina resonó en algún punto detrás de ellos.

Kat se giró para ver a Dennis Batchelor de pie en la puerta. Era treinta años más viejo, veintekilos más gordo, su otrora hermoso rostro sustituido por papadas y sombras oscuras bajo sus ojos. Aunque todavía tenía un ligero parecido con el juvenil manifestante de la fotografía, los billones le habían costado caro.

Llevaba una camisa de franela, vaqueros descoloridos, y desgastadas botas de vaquero.

Él advirtió su evaluación. ––Nadie lleva trajes aquí. Es todo muy informal.

—Tiene sentido––. Kat dio un sorbo a su capuchino y señaló a la más grande de todas las fotos. En ella, Batchelor miraba desafiante a un camión maderero en mitad de una desierta carretera en una explotación forestal flanqueada por árboles centenarios. ––Recuerdo haber visto esta foto cuando solo era una cría. Nunca había pensado realmente en el medio ambiente hasta que te vi.

—Nadie lo hacía. Y por eso tenía que mantenerme firme––. Batchelor rio. ––Aunque temía que me pasaran por encima. Era todo bastante extremo por aquel entonces.

—Salvaste el bosque ese día ––dijo Jace.

—Alguien tenía que hacerlo ––dijo Batchelor. ––Mientras todavía podíamos hacerlo. Construir esa carretera habría provocado todo tipo de problemas. Gente, vehículos, negocios contaminantes. Una vez que el hábitat es destruido, es bastante difícil recuperarlo.

—Inspiraste a toda una generación, incluyéndome a mí ––dijo

Jace. —Revelar la verdad al mundo, sin importar lo controvertida que sea. Por eso me hice periodista.

Batchelor sonrió. —Todo eso es muy halagador. También es por eso por lo que te llamé para mi biografía. Necesito trabajar con alguien que entienda todo lo que soy.

Escribir la biografía de Dennis Batchelor era una enorme oportunidad, la oportunidad de toda una vida, que podría suponer el comienzo, o destruir, la carrera de Jace. Abundaban los rumores de que era notoriamente difícil trabajar con el magnate, pero Kat no vio pruebas de ello. Al menos todavía no.

Batchelor se acercó a zancadas hacia la gran chimenea. —Vosotros apreciáis la naturaleza como yo—. Señaló a Kat con la cabeza. —Pensé que a los dos os gustaría disfrutar de un fin de semana aquí. ¿No es impresionante?

—Naturaleza inmaculada —acordó Jace. —Es un hermoso lugar.

—Tardé diez años en construirlo —dijo Dennis. —Después de todo eso, apenas estoy en casa para disfrutarlo.

## 2

La así llamada cabaña de Kat y Jace constaba de unos doscientos ochenta metros cuadrado de lujo; una auténtica cabaña de troncos con techos de diez metros y un ático en el segundo piso. La planta principal era de concepto abierto con la excepción de dos dormitorios y un cuarto de baño.

––No puedo creer que tengamos este lugar solo para nosotros ––dijo Kat.

Jace asintió. ––Al menos tendrás la oportunidad de disfrutarlo. Yo estaré ocupado todo el fin de semana trabajando con Dennis.

––Pasaremos algo de tiempo juntos, ¿verdad?–– Kat se visualizó esquiando o paseando con raquetas de nieve por los espectaculares alrededores. ––¿Quizás más tarde hoy?

––No contaría con ello. La gente como Dennis parece trabajar las veinticuatro horas del día, siempre buscando modos de ganar aún más dinero. De eso es de lo que trata este libro también; es un modo de ganar capital con su nombre. Quiere ver un primer borrador el domingo.

––Eso es imposiblemente rápido. Pero probablemente merezca la pena al final. Trabajar con un billonario debería conseguir que te hicieras un nombre durante el proceso––. Un libro sobre Dennis

Batchelor estaba prácticamente destinado a convertirse en un superventas garantizado. La gente idolatraba al famoso ecologista.

Kat abrió la cremallera de su bolsa y sacó su portátil. Lo enchufó.
—Si no tengo nada que hacer en absoluto, no podría haber encontrado un mejor sitio para hacerlo.

—Todo lo que necesitas hacer es relajarte —acordó Jace. —Apaga
el teléfono y desconéctate del mundo.

Ella estaba deseando tener algo de tiempo libre, pero primero
quería comprobar sus mensajes. Maldijo cuando recordó que no
tenía cobertura en el móvil. —Parece que no funciona aquí. Demasiado aislado para que los móviles tengan cobertura, supongo—. No
se le había ocurrido que no pudiera haber torres de telefonía en las
montañas. ¿Cómo conseguía Batchelor arreglárselas sin cobertura?

En vez de hacer eso, se concentró en su ordenador. –Oh oh,
Internet tampoco funciona. No consigo conectarme—. Batchelor
debe tener al menos conexión por satélite. Y era notoriamente lenta y
poco fiable.

—No necesitas conectarte—. Era una batalla constante entre
ellos. Jace dejaba el trabajo en la oficina, mientras que Kat desdibu-
jaba las líneas entre el trabajo y la casa. O como Jace decía, Kat no
tenía vida. Ahora se habían vuelto las tornas. Esta vez Kat sería la que
tuviera más tiempo de ocio.

Jace ya había sacado de la maleta la mayoría de su ropa, y la había
guardado en una de las dos grandes cómodas talladas a mano que
flanqueaban la cama tamaño King en el dormitorio principal. Las
pertenencias de Kat permanecieron en su maleta. Ya lidiaría con sus
cosas más tarde, una vez que hubiera conectado su portátil.

—Pensaba que habías dejado esa cosa en casa —Jace frunció el
ceño. —¿Qué sentido tiene estar aquí si no puedes disfrutar de tu
entorno?

—Es demasiado duro, Jace. No puedo relajarme hasta que
confirme que todo va bien por casa. Solo comprobaré mi correo de
vez en cuando—. Su felicidad en realidad dependía de una conexión
wi-fi. Sabía lo estúpido que sonaba, pero al menos era honesta
consigo misma.

––Soy yo quien está trabajando, no tú––. Jace puso los ojos en blanco. ––Debería haber inspeccionado tu equipaje antes de salir. Necesitas una intervención o algo así. Solo olvídate del trabajo por un fin de semana, ¿vale?

Probablemente Jace tenía razón, pero como periodista de investigación tenía un sueldo fijo en *The Sentinel*. Ella, por otro lado, era su propia jefa. No trabajar significaba no cobrar. Pero él probablemente tuviera razón. Con las navidades acercándose, su trabajo había disminuido de todos modos. Todos sus casos de investigación de fraudes habían sido cerrados y estaba libre hasta enero. La mayoría de la gente ya había cerrado para las vacaciones. Ella debería hacer lo mismo. Técnicamente estaba de vacaciones, con un fin de semana completamente libre en una lujosa cabaña en medio de la naturaleza, aunque fuera una cabaña con una conexión a internet de pena. Su única tarea era disfrutar. No podía ser tan difícil, ¿verdad?

¿Pero y si alguien necesitaba su ayuda? ¿Un nuevo cliente?

Improbable en esa época del año. ––Supongo que tienes razón––. Cerró el portátil. De todos modos estaba aislada del mundo exterior por el momento. Lo intentaría de nuevo una vez que Jace empezara a trabajar.

Era un poco tonto pasarse el tiempo mirando una pantalla cuando estaba rodeada por una naturaleza inmaculada. El único inconveniente era que Jace estaría ocupado, pero ella podía mantenerse entretenida sin problemas. Podía dar un paseo con las raquetas de nieve, hacer senderismo, o simplemente relajarse en la maravillosa cabaña.

Se estiró sobre la cama tamaño King y se hundió en la lujosa suavidad de la colcha. Rodó hacia un lado para disfrutar del paisaje por las ventanas panorámicas. Unas puertas francesas se abrían a un gran balcón con vistas de ciento ochenta grados al valle de abajo.

––Ven a ver las vistas. Son increíbles––. Se reclinó contra la media docena de almohadas y examinó la habitación. Lo mejor de la cabaña era que era independiente, con una cocina completamente equipada y que incluía una bien provista nevera de vinos.

––Dame un segundo––. Jace apareció en la puerta con su maletín en la mano. ––Le echaré un vistazo más tarde, una vez que haya organizado mis cosas.

––No esperes demasiado.

Su alojamiento estaba a unos cientos de metros de la cabaña principal y de la residencia privada de Batchelor, pero un pequeño grupo de árboles de hoja perenne ocultaba la cabaña por completo. Todo lo necesario estaba al alcance de la mano, y aún así estaban completamente solos. La sensación de soledad en la naturaleza era una que ella solo había experimentado una vez antes, cuando hizo una excursión de una semana por los bosques de Alaska. También habían volado para hacer ese viaje. Pero ahí era donde terminaban las similitudes. Aunque habían estado en los bosques para ambos viajes, esta experiencia era decididamente más lujosa.

La nieve había empezado a caer momentos antes de su llegada a la cabaña, pero los gruesos copos ya cubrían el suelo con una fina capa blanca. Sus ojos siguieron el vuelo de un águila dorada mientras volaba en círculos para aterrizar sobre el pino que bordeaba su balcón.

––Mira, Jace. Hay un nido justo ahí fuera––. Señaló la copa del árbol, donde el águila estaba encaramada en el borde de un enorme nido. Podía ver toda la actividad por las ventanas sin ni siquiera levantarse de la cama. ¿Cómo iba a poder marcharse de este lugar?

Jace dejó sus cosas y se unió a ella en la cama. ––Suertuda. Es una lástima que tenga que irme a trabajar.

Kat hizo un puchero y se acurrucó contra él. ––Pobrecito.

El águila desapareció dentro del nido gigante, ignorante a sus miradas. Probablemente se estaba acomodando para esperar a que pasara la nevada.

La cabaña estaba construida justo en el acantilado. Todo el lado sur era de cristal, permitiendo una imponente vista del valle a cientos de metros allí abajo. El diseño del arquitecto seguía el contorno del acantilado y usaba la geografía natural para proporcionar refugio contra el viento. El balcón sobresalía del acantilado, suspendido unos cincuenta metros o así, proporcionando una vista de pájaro del paisaje.

Era suficiente para dejarte sin aliento.

Pocos iban allí puesto que la propiedad de Batchelor estaba acunada en un rincón de difícil acceso en las Montañas Selkirk. La carretera rural por la que habían venido era difícil de encontrar; el único otro acceso era en helicóptero o motonieve.

Ella siguió mirando las vistas. ¿Cómo había descubierto Batchelor un lugar tan apartado? ––Definitivamente puedo acostumbrarme a esto––. El bosque en el lado este de la cabaña era visible desde una esquina de la ventana. Los árboles vestían una ligera capa de nieve por la ventisca que había empezado hacía una hora. Todo un cambio del brillante sol cuando su avión había aterrizado hacía unas horas.

Jace rodó hacia Kat y la rodeó con sus brazos. ––Yo también.

––¿Cuándo tienes que reunirte con Batchelor?

––Dentro de una hora––. Jace se incorporó y sacó una radio de su bolsillo. La voz de Dennis resonó por las ondas. Los hombres hablaron menos de un minuto. ––Cambio de planes. Quiere empezar ahora.

––Supongo que no se le hace esperar a un billonario––. Kat sonrió, pero se sentía decepcionada. Jace ya estaba unido a Dennis con una radio. Pues vaya con lo de pasar tiempo juntos antes de que empezara a trabajar. ––Más vale que te vayas.

Jace la besó. ––Volveré pronto. Solo vamos a discutir el borrador que le envié antes––. Jace lo había enviado la semana anterior después de firmar el contrato.

Kat suspiró. ––Estaré aquí. Haciendo nada, por supuesto.

Ella miró por la ventana. Aún faltaban horas para la puesta del sol, pero el cielo estaba gris conforme las bajas nubes se cerraban. Quizás era un buen día para quedarse dentro y simplemente disfrutar de la cabaña.

Un fuego en la chimenea chisporroteaba y calentaba la suite. El fuego ya había estado ardiendo brillantemente cuando llegaron; un gesto agradable. El fuego era cálido y relajante. Jace tenía razón. Relajarse era bueno para el alma. Desgraciadamente, ella era un alma inquieta.

Kat se levantó y se arrodilló junto al fuego. Cogió un tronco de la pila de madera junto a la chimenea y lo añadió al fuego. Alimentó el fuego, hipnotizada por las llamas. ¿A quién quería engañar? No estaba hipnotizada, estaba aburrida. Quería sentarse y no hacer nada, pero lo encontraba imposible.

Pero salir de la cabaña no era una opción en ese momento con el fuego ardiendo. Bien podría hacer algo de estiramiento. Inhaló una profunda respiración de yoga mientras seguía arrodillada junto a la chimenea. Entonces empezó a toser por el humo de la chimenea.

Mejor olvidarlo.

¿Cómo podía invocar la calma Zen mientras Jace estaba trabajando como un burro cerca?

Apagó el fuego y decidió ir a dar un paseo por los alrededores mientras había luz todavía. El aire fresco sería vigorizante. Además, tendría mucho tiempo para relajarse junto al fuego con Jace más tarde.

Se puso las botas y la chaqueta, y salió al camino de piedra que llevaba hacia la cabaña a unos cientos de metros de distancia. Había notado varios caminos laterales que salían del camino principal entre su cabaña y la casa principal, y ahora era un momento tan bueno como cualquier otro para explorar. Se había aventurado menos de cinco metros cuando se encontró con Jace.

Iba bajando a zancadas por el camino, su rostro encendido y enfadado. Ni siquiera la vio.

—Ha sido rápido —dijo ella cuando Jace la pasó rozando. —¿Se te ha olvidado algo?

—Solo mi sentido común.

Ella se dio la vuelta y le siguió. No había estado fuera ni treinta minutos. —¿Qué está pasando?

—Te lo contaré dentro—. Pasó furioso junto a ella y subió las escaleras de la cabaña. Se sacudió los pies en la alfombrilla con un poco más de fuerza de la necesaria para quitarse la nieve pegada a sus suelas. Desató sus botas y se las quitó de un puntapié. —Sabía que el trato con Batchelor era demasiado bueno para ser verdad.

Kat se quitó las botas y siguió a Jace dentro. Cogió sus zapatos y los llevó dentro justo cuando un frío viento hizo entrar copos de nieve en el vestíbulo. Era impropio de Jace estar enfadado, especialmente en lo que concernía al trabajo.

Jace se quitó la chaqueta y la lanzó sobre una silla del comedor. Se encaminó hacia el armario y cogió su bolsa, lanzándola sobre la cama. —Batchelor me mintió. No quiere un biógrafo. Quiere que escriba sus memorias como escritor fantasma. Esto no es lo que firmé.

Justo lo que ella había temido. La admiración mutua había parecido exagerada, y este repentino revés había hecho que Jace se enfadara con su ídolo de la infancia. —Es una lástima. Pero te va a pagar mucho dinero. ¿Es realmente tan grave?

—Por supuesto que lo es. Acordamos una biografía "por Jace Burton". No una autobiografía donde yo solo soy un escritor anónimo.

Kat suspiró. Ella se habría tragado su orgullo por cien mil de los grandes. Dentro de lo razonable, por supuesto. —Es diferente de lo que te dijo, pero todavía va a pagarte cien de los grandes.

—Puede que sea mucho dinero, pero también es mucho trabajo para mí. Este contrato me habría establecido como autor. Ahora, como escritor fantasma, yo haré todo el trabajo y seguiré siendo invisible.

—¿Y te lo dice ahora, después de que has venido hasta aquí?— Ella había pensado que era demasiado bueno como para ser verdad, pero no había querido estallar su burbuja la semana anterior, cuando Batchelor había abordado el tema por primera vez. Y todo había sido planeado muy rápido, sin dejar tiempo a meditarlo.

—Él lo planeó así. Probablemente sabía que rechazaría un encargo como escritor fantasma.

—¿Crees que te engañó a propósito para que vinieras aquí arriba?— Aunque ella había esperado que el trato de seis cifras de Jace tuviera truco, dudaba que Batchelor le hubiera engañado a propósito. Jace probablemente no había leído la letra pequeña.

—Sí —suspiró Jace. —¿Cómo he podido ser tan estúpido?

—No es el fin del mundo, Jace—. Ella cogió una botella de merlot de la encimera de la cocina y buscó un sacacorchos. Al parecer Jace no iba a volver al trabajo hoy, y si alguien necesitaba relajarse y apaciguarse, era él.

—Es insultante. Tú sabes lo que significa ser escritor fantasma.

Kat se sintió culpable por estar disfrutando cuando Jace claramente no lo hacía. Ella no quería que el fin de semana terminara justo cuando estaba empezando a relajarse.

—Soy consciente de que no es lo que esperabas, ¿pero qué tiene de malo que su nombre esté en la portada en vez del tuyo? Obviamente él te tiene en gran consideración como escritor—. No era genial, pero ella lo haría por cien mil. Había localizado un par de copas de vino en una alacena y las llenó. Le tendió una a Jace, quien la dejó sobre la mesa.

—Ese no es el mayor problema—. Jace se acercó a la cómoda y sacó un puñado de ropa. Dejó caer las prendas dentro de su bolsa. —Significa que tengo que escribir la historia tal y como la cuenta él. Tanto si es verdad o no. Sin verificación independiente. Sin punto de vista objetivo. Soy simplemente un escribano para él. Es humillante.

—Te estás dejando llevar por las emociones. Párate a pensarlo—. Jace tendía a ser un poco precipitado cuando estaba ofuscado. Este trabajo valía muchísimo dinero. Dinero que podían usar para pagar las interminables obras en su ruinosa casa victoriana.

—No hay nada que pensar. Se ha acabado.

—Pero ya sabes mucho sobre él. Puedes escribir ese libro fácilmente, aún sin hablar mucho con él—. Kat le dio un sorbo al vino. Era suave y aterciopelado. —No te lo tomes como algo personal.

—¿Cómo no voy a tomármelo como algo personal? Lo haré solo con mis propias condiciones, tal y como habíamos acordado al principio—. Jace desplegó el contrato. —El contrato no menciona lo de ser escritor fantasma.

—Pero ya tienes un borrador hecho. Debería ser fácil para ti escribirlo. ¿Y qué si tu nombre no aparece en el libro? Quizás sea mejor así—. Kat se acercó a una ventana y admiró las vistas. Una nube ligera ocultaba el sol, arrojando sombras fantasmagóricas sobre el paisaje. —¿Por qué no sacar partido de una mala situación?

—¿Mejor de qué modo? ¿De modo que pueda comprometerme?— Él volvió a la mesa y bebió de su copa de vino. —Hmm. Es muy bueno.

Ella no mencionó que no había traído el vino, que procedía de la nevera muy bien provista de vinos, cortesía de Batchelor. —Déjame ver eso.

Jace le tendió el contrato.

—No te estás comprometiendo. Estás completando un trabajo, igual que cualquier otro trabajo que haces para *The Sentinel*. ¿Elijes qué escribir para el periódico?

Él suspiró. —No, supongo que no.

—Esto es lo mismo. Vas a escribir un libro vanidoso para hacer a Batchelor feliz, y te van a pagar muy bien por ello. Firmaste un contrato, pero no puede obligarte exactamente a escribir cualquier cosa que no quieras escribir. Si, o cuando, suceda eso, discutes los ejemplos específicos en el momento. Supongo que no habrá mucho más que algunas exageraciones.

Jace frunció el ceño.

—Además —añadió ella, —estamos atascados aquí hasta el domingo. No tenemos modo de marcharnos por nuestra cuenta.

—Sin duda parte de su plan —musitó Jace.

Pero se había calmado. El vino estaba funcionando.

Kat examinó el contrato. Estaba claro por el lenguaje del contrato que el nombre de Jace no aparecería. Sin embargo, la cláusula estaba enterrada casi al final de la página ocho, así que no era tan obvia. Ella no iba a señalárselo y a enfadarle más.

—Quizás tengas razón—. Jace hizo una pausa. —Supongo que ni siquiera sé si hay algo a lo que pondría objeciones hasta que surja. Puedo retirarme si, o cuando, llegue el momento. Es un poco pronto para asumir lo peor. Solo siento que me han engañado con el lenguaje del contrato.

—Apostaría algo a que sus abogados le hicieron incluir cláusulas como esa en todo. Es billonario, después de todo—. Ella omitió el hecho de que Jace podría haber evitado la confusión si hubiera leído cuidadosamente el contrato antes del viaje.

--Todavía dudo que vaya a ser objetivo. No va a decir nada malo sobre sí mismo.

--Lo del escritor fantasma es una bendición. Ya no necesitas preocuparte por el contenido, ya que tu nombre no está en el libro. Sé que no es lo ideal, ¿pero por qué no darle una oportunidad? Puedes dejarlo en cualquier momento si te sientes comprometido o incómodo. Pero no presupongas lo peor. Bueno, todavía no--. Independientemente de si Jace cooperaba con Batchelor, su avión privado no volvería hasta el domingo por la tarde. Y necesitaban transporte para bajar de la montaña y poder llegar al aeropuerto en Sinclair Junction.

--Supongo que tienes razón--. Jace dejó su copa de vino sobre la chimenea mientras añadía más troncos al fuego.

--El hecho de que Batchelor te eligiera ya es un cumplido. Tiene dinero para contratar a cualquiera que quiera--. Una lástima que hubiera destruido la visión que tenía Jace de su mayor ídolo.

--Supongo--. Jace se unió a ella en la ventana. --Al menos tú estás disfrutando.

--¿Cómo no iba a hacerlo? Mira este lugar--. Su lujosa cabaña costaría miles de dólares la noche en un hotel de montaña. La espaciosa cabaña de troncos con postes y vigas era más grande que su casa, y sus suelos con calor radiante y las lujosas alfombras eran mucho más opulentos. Las espectaculares vistas desde el lado del acantilado la dejaban sin aliento.

Kat abrió la puerta corredera y salió al balcón. En menos de una hora, la nieve había cubierto las rocas y las había transformado en grandes montículos blancos. Las nubes colgaban bajas sobre el valle, dándole una sensación mística y fantasmal. Todo estaba tranquilo y en silencio, los pájaros ahora arrebujados en sus nidos mientras la nevada se intensificaba.

Ella se estremeció y volvió dentro. --Todavía tenemos varias horas antes de la cena. Vamos a dar un paseo por la nieve. Así puedes soltar un poco de tu rabia.

--Primero lo primero --Jace tiró de Kat hacia la cama. --Relajémonos mejor aquí.

Eso no era lo que había tenido en mente, pero definitivamente hacía mucho más calor dentro. ––¿Verdad que es tranquilo? Podría ver la nieve caer durante horas.

Kat se acurrucó contra el pecho de Jace. El paisaje era un bonito contraste a la lluviosa Vancouver. El paisaje invernal la invadió con el espíritu de la navidad. Lo mejor de todo era que era visible desde la comodidad de su cama tamaño King. Los copos de nieve eran más grandes ahora, y la vista del valle se oscureció. Quizás permanecer en el interior no estaba tan mal después de todo.

Jace se incorporó de repente. ––Espera, ¿ese no es Ranger?–– Señaló a la ventana de la cocina. ––¿Qué está haciendo ahí fuera?

Tal vez su cabaña no estaba tan aislada como había creído al principio. A unos veinte metros, justo al otro lado de la pantalla de árboles, vio la figura grande de Ranger y la de otro hombre más pequeño. Estaban junto a una motonieve en lo que parecía ser una carretera de acceso, probablemente parte de la carretera por la que habían llegado.

––Parece que estén discutiendo por algo ––dijo Kat. El hombre más pequeño gesticulaba enfadado mientras se montaba en la motonieve.

Jace se acercó a la ventana para echar un mejor vistazo. Kat le siguió. Desde su posición privilegiada observaban sin ser vistos. No podían oír la conversación, pero era obvio que Ranger le estaba ordenando al extraño que hiciera algo. Pero no estaba yendo bien. El hombre se bajó de un salto de la motonieve y se lanzó hacia Ranger en la nieve. Gesticulaba salvajemente mientras le gritaba a Ranger.

Ranger cogió al hombre por los brazos y tiró de ellos hacia abajo. Empujó al hombre hacia atrás.

El extraño se tambaleó antes de dar un paso hacia delante para recuperar el equilibrio. Ranger volvió a empujarle y se cayó de espaldas en la nieve junto a la motonieve.

La motonieve tenía un pequeño carromato sujeto detrás. Ambos estaban pesadamente cargados con cajas de cartón. Las cajas tenían grandes letras rojas, pero estaban demasiado distantes para ser legibles.

El hombre se levantó con un brazo sobre las cajas. Le dijo algo a Ranger, pero parecía más sumiso esta vez.

Ranger lanzó las manos al aire y se marchó furioso hacia la cabaña. Al cabo de unos minutos reapareció sobre una segunda motonieve. Los dos hombres se alejaron sobre sus vehículos, Ranger delante. Dejaron un rastro de nieve en su estela.

Ahora Kat se estaba pensando mejor lo de hacer una excursión en motonieve con Ranger. Sus cambios de humor no le hacían precisamente una buena compañía.

—¿Jace?

—¿Hmm?

—¿No resulta irónico que nuestro amigo ecologista tenga una cabaña enorme que consume toneladas de energía? ¿Y todos esos vehículos? ¿Cuántos cruzados ecologistas tienen su propio avión privado?

—Ahí tienes razón.

—Pregúntale esas cosas.

Jace se rio. —No puedo hacer eso.

—¿Por qué no? Solo porque seas un escritor fantasma no significa que estés amordazado. ¿Por qué no forzar el tema?

Jace le lanzó una mirada vacilante.

—Tiene que mencionarlo en su libro, u otras personas lo harán por él. Así es como puedes convencerle para contar la historia real. Incluso si tu nombre no aparece en el libro, aún puedes sentirte orgulloso de cómo está escrito.

—Supongo que podría preguntar. Lo peor que puede hacer es echarme de aquí a patadas. Y para hacer eso tendría que enviarnos volando a casa —sonrió. —Y de todos modos eso es exactamente lo que quiero.

—Solo pregunta con amabilidad—. Ella le abrazó. —Quiero disfrutar de este lugar antes de que agotes nuestra estancia.

—Lo intentaré, pero no te lo garantizo si eso significa comprometer mis valores. Más te vale divertirte ahora, antes de que sea demasiado tarde.

Ella pretendía hacer exactamente eso.

**3**

E l sábado por la mañana amaneció despejado y brillante. A Kat le rugía el estómago, pero se sentía aprensiva en cuanto a desayunar con Batchelor en la cabaña. Jace había estado refunfuñando acerca de la trampa del contrato de Batchelor toda la noche, así que a ella le preocupaba un poco que pudiera perder la compostura.

Solo tenía que cooperar con Batchelor durante un fin de semana para ganar unos maravillosos cien mil dólares por sus esfuerzos. Por supuesto, no era tan simple como eso. Los dos hombres completarían el primer borrador este fin de semana. Jace revisaría y puliría el borrador hasta convertirlo en un manuscrito terminado a lo largo de los meses siguientes. Solo tenía que controlar su temperamento durante el fin de semana.

Jace había contado, no solo con el lucrativo pago, sino también con el reconocimiento de su nombre y la publicidad que supondría ver su nombre marcado como autor. Esa era la manzana de la discordia. Como escritor fantasma, solo el nombre de Batchelor aparecería en la portada del libro. La contribución de Jace sería anónima.

Aunque ella no culpaba a Jace por sentirse engañado en cuanto a la biografía, era un contrato cerrado y desgraciadamente no había leído la letra pequeña. Un contrato era un contrato y tenía que cumplir con su parte. Tenía que soportar a Batchelor solo por un día hasta que volvieran a Vancouver al día siguiente por la noche.

Batchelor ya estaba sentado en el comedor cuando Kat y Jace llegaron para desayunar en la cabaña. Él les saludó con la cabeza mientras hablaba por unos auriculares. Como la mayoría de magnates, trabajaba constantemente. La preocupación de Kat sobre lo de sentirse incómodos era innecesaria. Batchelor, al menos, no mostraba animosidad alguna.

Kat le echó un vistazo a Jace, pero este tenía una expresión vacía. Sus emociones estaban controladas, pero por muy poco. Su calmada apariencia de hacía unos momentos se había desvanecido, y la tensión burbujeaba por debajo de la superficie. ¿Era porque ella le conocía demasiado bien, o podía Batchelor sentirlo también? ¿Cuánto tiempo pasaría hasta que Jace explotara? Iba a tener complicado lo de conservar la calma mientras trabajaba con Dennis todo el día.

Dennis Batchelor ya había comido o había decidido no hacerlo. Un vaso de agua con hielo y un montón de carpetas de cartón estaban delante de él. Terminó su llamada y vació el vaso de agua antes de girarse hacia ellos. Evitó deliberadamente mirar a Jace a los ojos, pero le sonrió a Kat. —Buenos días.

—Buenos días —replicó ella. La obvia tensión era incómoda cuando menos. Al parecer Dennis se había percatado del humor de Jace después de todo. Con lujos o sin ellos, este estaba empezando a ser un largo fin de semana.

El incómodo silencio creció mientras ella se sentaba a la mesa enfrente de Jace. Dennis se levantó y caminó hacia el frigorífico. Sus tacones repiqueteaban sobre el suelo de mármol, acentuando la falta de conversación. Colocó el vaso debajo del dispensador de hielo, y los cubitos tintinearon cuando se derramaron dentro del vaso. Volvió a su asiento y desenroscó el tapón de una botella de agua, todo ello sin decir palabra.

El silencio era insoportable y Kat examinó la habitación en busca de algo con lo que romper el hielo.

Se sorprendió de ver agua embotellada en cada lugar. —¿No tienes agua corriente?

—No desde que la tubería explotó ayer. Se debe al frío clima que hemos tenido últimamente. Esto es un arreglo temporal hasta que se completen las reparaciones.

Kat abrió una botella y llenó su vaso. El agua embotellada parecía una lástima cuando estaban rodeados de glaciares y de nieve acumulada. Miró por la ventana al medio metro de nieve que rodeaba la cabaña. Montones de agua fresca ahí. La nieve derretida no era demasiado eficiente, pero traer agua embotellada por tierra, o por aire, tenía que serlo incluso menos.

Batchelor debía haber adivinado sus pensamientos. —Nuestra agua del grifo viene de un lago alimentado por un glaciar. Es una lástima que no podáis probarla.

—La probaré en el pueblo.

Él negó con la cabeza. —No puedes. La tubería que reventó está en el embalse, no aquí en la cabaña. Me temo que no puedes conseguir esa agua en ninguna parte ahora mismo.

—Supongo que no puede ser reparada durante el invierno—. El clima era demasiado frío y, con la autopista cerrada, probablemente sería difícil encontrar a un contratista que quisiera visitar la aislada zona en mitad del invierno.

Batchelor no respondió.

El chef preparó huevos cocinados a su gusto mientras llenaban sus platos con el suntuoso bufé. Había una selección de quesos, panes, e incluso salmón fresco. Había tanta comida que Kat se preguntó si habría otros huéspedes. Ella deseaba que los hubiera, ya que sus actuales compañeros de mesa no eran exactamente muy parlanchines.

Kat cambió de tema. —Creo que saldré a hacer algo de senderismo hoy. ¿Hay buenas sendas por aquí cerca?— Mientras Jace y Dennis trabajaban todo el día, ella aprovecharía su visita al máximo. Una vez que los dos hombres estuvieran a solas se verían obligados a hablarse.

——En realidad no. No hay mucho que hacer por aquí, pero Ranger te puede llevar a la aldea si quieres.

——Eso sería genial——. Kat se animó al pensar en volver al pequeño pueblo con sus pintorescas tiendecillas y cafeterías a lo largo de la calle principal. Incluso podría haber una tienda de deportes de algún tipo. Se pasearía por las tiendas durante una hora o dos, y terminaría con un paseo por las afueras del pueblo. Que Batchelor se hubiera referido a una aldea la sorprendió, ya que Sinclair Junction parecía tener al menos varios miles de habitantes.

——Ranger tendrá que llevarte en motonieve ahora que la autopista está cerrada por la nevada de anoche.

Aún mejor. Ella nunca había montado en motonieve antes.

Como por arte de magia, Ranger apareció en la puerta. Sin duda había escuchado la conversación, lo cual la puso nerviosa. Ranger le producía sentimientos encontrados tras presenciar su altercado con el extraño el día anterior.

——No sabía que hubiera otro modo de llegar aquí.

——En realidad es solo un sendero. No dependemos de la auto-pista, especialmente en invierno, cuando está cerrada a menudo por las avalanchas y los corrimientos de piedras. A veces está cerrada durante días o incluso semanas. Cuando la carretera está abierta durante el invierno, con la nieve y el hielo, es traicionera en el mejor de los días. Por eso os traje por aire. Incluso en verano el viaje por carretera dura unas nueve horas.

——Yo pensaba que Sinclair Junction era más grande. Parece más bien un pueblo.

——No estoy hablando de Sinclair Junction. Hay una aldea por aquí cerca que se llama Paradise Peaks. Ahí es a donde va el sendero.

——No vi la aldea cuando subíamos——. Kat no había visto ningún letrero que indicara un asentamiento cercano. A excepción, por supuesto, de los manifestantes.

——La aldea está en dirección contraria a la carretera por la que vinisteis. No es mucho como destino, pero tiene una tienda de ultra-marinos pequeña. Está a solo unos kilómetros de aquí.

Su corazón se hundió cuando se dio cuenta de que no conseguiría explorar el pueblo histórico después de todo. Ni podría hacer compras tampoco. ––¿Tan cerca? Entonces quizás vaya andando––. Estaba deseando respirar el limpio aire de montaña y hacer algo de ejercicio.

––No puedes caminar. No hay carretera y la nieve es demasiado profunda. Tendrás que ir por el sendero en motonieve campo a través. Nunca encontrarías la aldea tú sola.

––Eso suena genial, Dennis. Acepto tu oferta––. Le lanzó una mirada de reojo a Jace, quien fingió estar concentrado en una revista mientras comía. Ella se mantuvo flexible, aún cuando no era lo que había esperado.

––Creo que te gustará la aldea. El ultramarinos ha estado abierto desde finales del siglo diecinueve ––dijo Dennis. ––Tiene todo lo que pudieras imaginar, desde artículos de ferretería hasta equipo de caza o miel. La gente acude allí desde muchos kilómetros a la redonda.

––Parece estar todo muy aislado, como si apenas hubiera nadie alrededor. ¿Dónde se esconde todo el mundo?–– Ella esperaba que la población de la aldea incluyera a alguien más aparte de los manifestantes.

––Es engañoso. Hay cientos de personas en unos kilómetros, pero están repartidas entre ranchos y haciendas. Invisibles a la vista, pero cerca de todos modos.

Kat se preguntaba cómo toda esa gente escondida se ganaba la vida. Había rumores de que las colinas albergaban un número de operaciones de cultivo de marihuana ilegal. Ella no era consciente de que hubiera otras industrias cerca. La minería había sido importante, pero se había derrumbado a mitad del siglo pasado. Quizás la marihuana la había reemplazado. Ella decidió no preguntar sobre los rumores de las plantaciones de maría y charlar de cosas triviales. ––Puedo ver por qué te gusta estar aquí. Es muy silencioso y tranquilo.

––Nos gusta así ––dijo Dennis. ––La mayoría de la gente viene aquí para escapar del ajetreo cotidiano.

––¿Preparada? ––Ranger le sonrió a Kat.

Ella sonrió. ––Cogeré mi chaqueta y mis cosas.

––Genial. Me reuniré contigo fuera dentro de diez minutos.

Kat se despidió de los hombres, contenta de escapar del incómodo silencio.

Minutos más tarde, Kat estaba sentada detrás de Ranger en la motonieve. Se deslizaron por la nieve fresca, la luz del sol reflejándose en la estela de nieve polvo que dejaban detrás de la motonieve. El ruidoso motor impedía la conversación, lo cual le parecía bien a Kat. Admiró el paisaje invernal mientras atravesaban el ondulante terreno.

La ruta les llevó a través de una meseta abierta que parecía extenderse durante kilómetros. La nieve cubría los árboles alineados a un lado de la meseta, mientras que escarpados acantilados caían bruscamente a un kilómetro de distancia en el lado opuesto de la meseta. Viajaron a lo largo del borde del bosque hasta que gradualmente les rodearon los bosques y el borde del acantilado desapareció de su vista.

Cuando llevaban una hora de camino, frenaron en seco. Árboles caídos a través del sendero a varios metros de distancia bloqueaban el camino. Ranger apagó el motor y se giró hacia ella.

––Casi no los vi a tiempo. Han vuelto a hacerlo––. Se bajó de la motonieve y se acercó a los árboles caídos. Intentó mover uno de ellos mientras soltaba insultos por lo bajo. No se movió.

––¿Quiénes? ––preguntó Kat.

––A los activistas no les gusta que la gente venga por aquí. No es que tengan nada que decir al respecto. Esto son tierras del gobierno y no tienen derecho a bloquear las tierras públicas.

––¿Sobre qué protestan? ¿Lo mismo que los demás?

Ranger ignoró su pregunta. ––Tendré que llevarte de vuelta. Llevaremos la furgoneta al pueblo.

––Desde luego tenéis un montón de personas enfadadas por aquí. ¿Es por algo en el aire?–– Los comentarios de Ranger descartaban a los relajados hippies que cultivaban marihuana y que ella había imaginado.

––Algo así––. Le dio la vuelta a la motonieve y volvieron a la cabaña. Pronto habían llegado a la valla que marcaba los límites de la propiedad de Batchelor. Ranger se bajó de la motonieve y abrió la puerta.

Kat se sintió momentáneamente tentada de ver cómo estaban Jace y Dennis, pero decidió no hacerlo. Además, estaba disfrutando del aire fresco de la mañana invernal y era una pérdida de tiempo no explorar un poco. —Quizás solo exploraré por aquí, para respirar algo de aire fresco.

—Si así lo deseas. Pero no salgas de la propiedad—. Señaló hacia una suave pendiente que se desviaba de las montañas y la dirección de los manifestantes. —¿Ves el borde de ese claro?

Kat asintió con la cabeza. Los árboles eran más escasos y la luz pasaba entre ellos.

—Hay un sendero por ahí. Síguelo y llegarás a la carretera. En vez de seguir la carretera, crúzala y continúa por el sendero. Es una ruta circular, así que puedes seguirla de vuelta al claro. Hay un bonito lago al final de la curva.

—Vale—. ¿Por qué no habían mencionado Ranger o Dennis el sendero antes? Después de todo, ella había querido ir a dar un paseo desde el principio.

—Nos volveremos a reunir aquí y te llevaré en la furgoneta de vuelta—. Ranger miró tras ella cuando el sonido de motonieves aproximándose se hizo más fuerte. —Ahora mismo tengo asuntos que resolver.

—De acuerdo. Volveré aquí en...

—Digamos en una hora—. Ranger se giró bruscamente y encendió el motor. Aceleró en dirección a los demás vehículos sin decir ni una palabra más.

Los motores de las motonieves se desvanecieron en la distancia mientras Kat emprendía su camino. La nieve reflejaba la brillante luz del sol y todo estaba en silencio excepto por sus pasos. La nieve era fresca, ligera, y esponjosa por la nevada de la noche anterior. Sus pisadas eran la única interrupción en la, por otro lado, interminable expansión blanca.

Llegó al comienzo del sendero diez minutos más tarde. Las copas de los árboles protegían el sendero de la nieve, así que caminar era más fácil. Vislumbró la carretera a través de los árboles cinco minutos más tarde, y llegó al lago unos minutos después de llegar a la carretera. Muy decepcionante. Obviamente, Ranger había subestimado su nivel atlético o había sobrestimado la longitud del sendero.

¿Y ahora qué? Todavía le quedaban cuarenta y cinco minutos hasta que Ranger volviera. Mucho tiempo que matar. Dio la vuelta y volvió a recorrer el sendero, notando los profundos lomos de nieve que se acumulaban alrededor de los árboles. Rastros de conejos y otros animales pequeños corrían paralelos al sendero. Cualquier lugar con presas pequeñas probablemente también tenía depredadores. ¿Qué especies habitaban en una alta meseta alpina? ¿Lobos, quizás gatos salvajes? ¿La estaban observando ahora?

Se estremeció cuando se dio cuenta de que los depredadores eran silenciosos por naturaleza. Su continuada existencia dependía de ello. Pero si algún depredador se escondía cerca, permanecía invisible.

Kat era ahora completamente consciente del silencio. Nada de cantos de pájaros, ya que hacía demasiado frío para que la mayoría de aves pasaran el invierno en la zona. Pero tampoco vio halcones ni otras aves. Se relajó un poco cuando se dio cuenta de que todas, excepto las aves rapaces, habrían emigrado al sur para pasar el invierno. Cualquier ave conservadora se congregaría en elevaciones más bajas, donde la temperatura fuera más cálida. La pesada nieve reducía dramáticamente los alimentos tanto para los depredadores como para sus presas. Los animales de la zona o hibernaban o se pasaban la mayor parte del tiempo bien profundo en sus guaridas.

Su racionalización no hizo que el silencio fuera menos escalofriante. Cambió de rumbo y repitió el sendero varias veces más. La única vista interesante era el lago, aunque no había mucho que ver en invierno. Estaba completamente congelado, rodeado por colinas nevadas. Ni pájaros ni flores silvestres, solo un silencioso bosque invernal. Ella volvió al punto de partida. Para entonces había pasado casi una hora. Seguía sin haber señales de Ranger.

Tampoco había sonidos de que su motonieve se estuviera acercando. A pesar del silencio, tuvo la espeluznante sensación de que algo, o alguien, la estaba observando. Recordó el comentario de Dennis de que cientos de personas vivían cerca. ¿Dónde estaban todas escondidas?

Dio un salto cuando algo hizo crujir unos arbustos. Probablemente solo un ciervo.

Quizás estaba siendo paranoica. Ranger no la habría dirigido en esa dirección si fuera peligroso. No le hacía daño a nadie por explorar algo más mientras esperaba, siempre y cuando mantuviera su sentido de la dirección. Todavía tenía diez minutos antes de que tuviera que acudir a su lugar de encuentro.

Vio otro sendero que se abría en una pendiente cercana y deseó haberlo visto antes. La suposición de Ranger de que ella no podría hacerlo le molestaba. La empinada cuesta era exactamente lo que necesitaba: un poco de ejercicio de cardio y un posible mirador.

Fue colina arriba, notando que el sendero tenía al menos una pendiente del diez por ciento. Pero la pendiente proporcionaba un beneficio, ya que la elevación probablemente le proporcionaría una vista de pájaro de su punto de encuentro. Podía bajar rápidamente una vez viera a Ranger.

Sus botas de senderismo no estaban preparadas para la nieve y el hielo, y se resbaló varias veces mientras se esforzaba por sujetarse a la helada colina. La nieve se colaba dentro de sus botas y lamentó no haber llevado polainas para mantener sus tobillos secos. No había pensado bien las cosas cuando se vistió para la salida. Pero claro, ella había esperado explorar el pueblo, no hacer senderismo por las montañas. No era que importase, ya que no corría peligro de helarse. Estaría de vuelta en la cabaña y calentándose junto al fuego en menos de una hora.

Subió la última sección de la pendiente, sudando dentro de su gruesa chaqueta. Ranger estaba loco por pensar que ella necesitaba una hora en el otro sendero.

Salió del camino y salió a la meseta justo cuando un disparó sonó. Se quedó paralizada de miedo. Ranger no había mencionado que se cazara por allí cerca, y ella no había visto señales de ciervos u otros animales de caza. ¿Qué otro motivo podía haber para que sonaran disparos en el bosque?

Aunque Ranger no la habría dejado en mitad de un coto de caza, ella se había desviado de sus instrucciones. Estaba al menos a un kilómetro de su lugar de reunión. Ella no debería haber seguido el sendero. Su chaqueta se confundía con el entorno. ¿Y si el cazador confundía sus movimientos con los de un animal?

Se quedó paralizada, insegura sobre qué hacer. El instinto le dijo que volviera al sendero para ponerse a cubierto, pero no estaba segura de la dirección desde la que venían los disparos. Necesitaba distanciarse del tirador, pero movimientos repentinos podrían aflojar el dedo del gatillo del tirador.

¿Debería olvidarse de Ranger y volver a la cabaña por su cuenta? Decidió esperar un poco más, esperando que Ranger hubiera oído el disparo y volviera rápido. ¿Y dónde demonios estaba? Según su reloj, ya llegaba diez minutos tarde.

Una rama se rompió detrás de ella.

—No te muevas o disparo—. La mujer presionó su rifle contra la espalda de Kat.

# 4

La voz de la mujer era suave pero firme. ––Las manos arriba, donde pueda verlas.

Un atraco a mano armada era lo último que Kat se hubiera esperado en el campo.

Kat levantó las manos despacio. ––No dispare. Me marcharé ahora mismo.

––Harás lo que yo te diga. Ahora gírate. Despacio.

Kat obedeció, solo para encontrarse el cañón del rifle a centímetros de su pecho. Sus ojos subieron por el cañón y se encontraron con los fríos ojos azules de una mujer canosa de aspecto atlético. Era unos quince centímetros más baja que Kat, pero teniendo en cuenta el arma, no iba a enfrentarse a ella.

La mujer cambió de posición sobre sus esquís de campo a través y miró con rabia a Kat.

Reconoció a Elke, la mujer a la que se habían encontrado en la barricada de la carretera. ––No pretendía...

––Yo seré quien hable––. Mantuvo el arma apuntando a Kat. ––Dime quién eres y por qué estás aquí.

––Soy una invitada de Dennis Batchelor. Creo que nos conocimos en su barricada...

––He dicho que las manos arriba.

Kat obedeció. ––Creo que todavía estoy en las tierras de Batchelor––. No había pasado ninguna valla ni ningún otro marcador de límites entre propiedades para hacerla pensar lo contrario. Quizás no había delimitadores de propiedades. En cualquier caso, actuar con confianza podría apaciguar la situación. ¿Dónde demonios estaba Ranger cuando le necesitaba?

––Eso está sujeto a debate––. El rifle de Elke era desproporcionado en relación a su diminuto cuerpo. Al igual que su enorme mochila. Una pala plegable estaba sujeta con cuerdas de escalada y un par de bastones de esquí yacían a sus pies sobre la nieve. Parecía estar preparada para todo.

––Vale, culpa mía––. Ranger no había indicado exactamente dónde terminaba la propiedad de la cabaña. Lamentaba haberse desviado de la ruta original.

––En eso tienes razón––. Elke ladeó la cabeza en dirección a la cabaña. ––Ahora gírate en redondo y desaparece.

––Baja el arma primero––. Si la pesada mochila de Elke la desequilibraba, podría apretar el gatillo accidentalmente.

Elke se rio con sorna. ––¿Por qué iba a hacerlo?

––Mire, siento haberla asustado. Sus desacuerdos con Dennis Batchelor no son de mi incumbencia y me gustaría que siguiera siendo así. Me marcharé inmediatamente si usted baja el arma. No voy a darle la espalda con esa cosa apuntándome––. No quería agitar más a Elke, pero ese dedo en el gatillo la asustaba.

Elke no dio su brazo a torcer. ––¿Tú también eres parte de esto? ¿Quieres echarnos para que Batchelor pueda beneficiarse?

––No tengo ni idea de lo que está hablando. Solo estoy aquí para pasar el fin de semana mientras mi novio trabaja en un proyecto con Dennis––. Debería haberse marchado cuando tuvo la oportunidad. ––Creo que más vale que me vaya.

––Espera... ¿qué tipo de trabajo? ––los ojos de Elke se entrecerraron.

––Es periodista ––dijo ella. ––Está escribiendo la biografía de

Dennis—. Con arma o no, no era asunto de Elke. Lamentó haberle dado tantos detalles.

—Llena de mentiras, sin lugar a dudas. Si es que es eso lo que tu novio está haciendo en realidad—. Pero Elke bajó el arma ligeramente. Ahora apuntaba a los pies de Kat.

—Por supuesto que sí—. El corazón de Kat se aceleró. Se arriesgaba a enfadar más a Elke, ya que decir nada podía ser peor. Las cosas podían deteriorarse rápidamente con una loca que blandía un arma en el bosque. —¿Por qué si no íbamos a estar aquí?

—No me vendas humo. Eres tan mala como Batchelor—. Elke se movió ligeramente para recuperar el equilibrio. —Para la gente como vosotros todo gira en torno al dinero.

—¿Qué gente?— A Kat le sentó mal que la metieran en el mismo saco que a Batchelor. Volvió a concentrarse en el arma. ¿Tenía puesto el seguro? ¿Se dispararía? —Por última vez, ¿puede dejar de apuntarme con el arma?

Elke obedeció esta vez y dejó caer la escopeta a un lado. —¿Cómo puede Batchelor llamarse a sí mismo ecologista? Les ha permitido que arruinen nuestra agua potable, ¿y todo por qué? ¿En nombre de los beneficios?

—¿Cómo va a ser culpa suya una tubería rota?— ¿Cómo podía culparle Elke por el problema del embalse?

—¿Es eso lo que te ha contado? —Elke sacudió la cabeza. — Espero que no la estés bebiendo.

—Estoy bebiendo agua embotellada. Al menos temporalmente, hasta que el problema se solucione.

—No contengas el aliento. Esa agua lleva contaminada tres años, desde que los embalses de relave se desbordaron y contaminaron nuestra agua. La mina no lo arreglará. De hecho, no harán nada ahora que está cerrada—. Sus dedos formaron comillas en el aire. — Dicen que no es económico.

La acusación de Elke difería significativamente de la versión de Batchelor. Tres años era mucho tiempo para verse privados de agua potable. —Dennis me habló de la mina, pero dijo que los embalses de relave habían sido saneados.

—Por supuesto que dice eso —se burló Elke. —La compañía hizo unas reparaciones a medias en el muro resquebrajado. Técnicamente lo repararon, pero no a tiempo de detener el envenenamiento de nuestras aguas subterráneas.

—¿No puede solucionarse?— Los canales y las tierras circundantes tenían que ser limpiados y restaurados después de un accidente ecológico. Era la ley.

Elke sacudió la cabeza. —Se tardan años. La naturaleza tiene que seguir su curso. Con el tiempo los contaminantes se disuelven. Mientras tanto, ni podemos beber el agua ni podemos cultivar nada.

Cultivos que podrían incluir la marihuana. Lo cual explicaba el arma de Elke.

—Ahora recuerdo haber oído hablar del accidente. Estaba en todas las noticias cuando sucedió. Pero se me olvidó cuando la prensa dejó de cubrirlo.

—Todo el mundo se olvidó. Los políticos hicieron sus promesas y la compañía accedió a arreglar las cosas siempre y cuando las cámaras les enfocaran. Mientras tanto, nuestro ganado se envenenaba y nuestras cosechas morían. La gente enfermó.

—Pero eso fue hace varios años. ¿Está segura de que es el agua?— Canadá no era exactamente un país en vías de desarrollo. Había leyes que hacían que las compañías se hicieran responsables. —La mina no podía operar a menos que arreglaran los embalses de relave.

—Vaya, aprendes rápido —los ojos de Elke se entrecerraron. —La mina no está operativa. Dicen que el precio del oro es demasiado bajo y que están arruinados. La verdad es que hicieron un trato con el gobierno para conseguir un registro de salubridad limpio, siempre y cuando ellos enterraran en un cajón la mina. Se marcharon y no serían procesados. ¿Dónde nos deja eso a nosotros?

—¿No podéis llevar la compañía a juicio?— Las extracciones mineras usaban muchos productos químicos, incluido el cianuro. El propósito de los embalses de relave era mantener los contaminantes contenidos. Si la compañía había dejado el embalse sin reparar, eran responsables de los daños.

Elke sacudió la cabeza. —Regal Gold pertenece a una compañía

china. Legalmente son intocables. Es una de las razones por las que han abandonado la mina. La otra razón son los precios deprimidos. El precio del oro tendría que duplicarse para que la mina obtuviera beneficios. Los propietarios no tienen incentivos para operarla, y mucho menos para gastar dinero en arreglarla. Así que simplemente se marcharon. Abandonaron su inversión.

—Ya veo—. No tenía absolutamente nada que ver con Batchelor.

—¿Ah sí? ¿Te ha contado Batchelor lo de sus planes para echarnos a todos? Piensa que puede durar más que nosotros arruinando nuestra agua, quitándonos nuestros trabajos.

De vuelta a Batchelor. La perorata de Elke daba saltos, culpando a todo el mundo.

—Espere un momento —dijo Kat. —Batchelor no arruinó el agua. Él tampoco tiene agua potable que sea segura beber.

—Puede permitirse traer un camión con agua potable. Nosotros no.

—El agua es también un gran inconveniente para él. Incluso si lo que dice es cierto, él no opera la mina. Culpen a la mina por no arreglar las cosas.

—Él está metido en el ajo.

—¿Por qué iba a estarlo? ¿Tenéis pruebas?— Batchelor no tenía motivos para mentir sobre el agua.

—Directamente no —dijo Elke. —Él sabe cómo tapar sus huellas. Yo sé de lo que estoy hablando.

Kat lo dudaba seriamente. —¿Habéis contactado con el gobierno? Ellos tienen regulaciones para asegurar que las compañías sigan las reglas.

—Están todos implicados. Se cubren los unos a los otros—. Elke cambió el peso de un pie al otro. Su arma, que estaba apoyada contra su pierna, cayó al suelo.

Kat dio un salto.

Elke se agachó y recogió el arma. —A nosotros, a la gente corriente, siempre nos engañan.

—Bueno, probablemente debería volver a la cabaña—. Que le dieran a Ranger, donde quiera que estuviese. Ella echaría a correr tan pronto como estuviera fuera de tiro de esta loca de las conspiraciones.

—Si fuera tú, me alejaría de ese hombre. Ya sabes lo que dicen. Culpable por asociación.

Kat asintió. —¿Y exactamente cómo es Batchelor culpable de todo esto? Está tan afectado como vosotros.

—Se llama a sí mismo ecologista, aún así mantiene silencio sobre el agua contaminada de su propio patio trasero. Todo lo que tenía que hacer era alertar a la prensa de que esto nunca había sido arreglado adecuadamente. Podía conseguir la atención de la gente adecuada y hacer que lo solucionaran todo. ¿Por qué no lo ha hecho?

Kat se encogió de hombros. Elke tenía razón. Batchelor había construido su cabaña hacía varios años, antes del accidente. Ahora su santuario estaba comprometido con agua no potable. —¿Piensa que está de algún modo implicado con la mina?

—Todo lo que sé es que tiene poder para hacer algo pero no lo hace. Es un poco sospechoso para un activista medioambiental, si quieres mi opinión.

Kat examinó el horizonte pero no vio señales de Ranger ni de la motonieve. Ella tenía cosas mejores que hacer que discutir con una extraña armada. Se esforzó por contener la lengua, aunque era una exageración culpar a Batchelor. Era un problema local, no de ella, se recordó a sí misma. —De verdad que tengo que irme.

Elke le bloqueó el camino. —Ellos pueden silenciar a la prensa y al gobierno también.

—Al gobierno no—. Kat no estaba segura de a quien se refería con "ellos". —Hay regulaciones para este tipo de cosas. Nadie está por encima de la ley.

—Eres ingenua.

—No, no lo soy. Es fácil medir la contaminación. Los resultados de las pruebas no mienten, y si existen, alguien debería denunciarlas—. La mujer era una chalada. Una chalada con un arma.

—Ellos pueden ser manipulados. Batchelor mantuvo su boca cerrada porque obtiene algún beneficio.

"Mantuvo la boca cerrada porque no hay ningún problema." Kat no se atrevió a decirlo en voz alta. —Supongo que todo es posible.

Elke la miró con rabia.

Kat intentó reconducir de nuevo la conversación. —¿Por qué no puede denunciarlo usted misma? ¿Qué le impide ir a la prensa? Si lo que acaba de decir es cierto, estaría dejando al descubierto una enorme conspiración entre grandes negocios y el gobierno.

El rostro de Elke se oscureció. —Podrías pensar eso, pero siempre acaba mal.

Kat le echó un vistazo a su reloj. Ya había perdido veinte minutos por una disputa que en realidad no era asunto suyo. —De verdad que tengo que irme—. Si volviera sobre sus propios pasos, con suerte se encontraría con Ranger.

Elke era una loca con todas esas ideas de la conspiración, pero algunas de sus afirmaciones sonaban ciertas. La gente rica como Batchelor rara vez toleraba grandes inconvenientes durante días, y mucho menos durante años. ¿Cuántos ecologistas traían camiones de agua embotellada durante años sin fin?

Los ecologistas también tendían a no situar sus refugios en la naturaleza cerca de explotaciones mineras. La Mina Regal Gold estuvo activa mucho antes de que el refugio de Batchelor fuera construido. Volvió a recordar las noticias del accidente de hacía tres años. No recordaba que se hiciera mención a Batchelor. Muy raro, teniendo en cuenta su afición por la publicidad.

Elke tenía razón en lo de que los ecologistas normalmente ponían objeciones a los desastres medioambientales en sus propios patios traseros. Kat miró por encima del hombro de la mujer. Ranger ya llegaba más de una hora tarde, y no tenía modo de contactar con él ni con nadie más sin tener cobertura móvil.

—Pregúntale a Batchelor qué piensa de la Mina Regal Gold —dijo Elke. —Apuesto a que no te dará una respuesta concreta.

—¿De verdad cree que está implicado de algún modo en la mina?— Quizás había algo más en esa historia. Si fuera así, Jace podría haber recopilado algo de información como parte de la biografía.

—Por supuesto que lo está. Te mintió sobre que la mina está limpia, o de otro modo no estaría bebiendo agua embotellada.

—Pero es una tubería rota...

—Eso es totalmente mentira. Primero los embalses de relave, luego la mina cierra para evitar pagar las multas medioambientales y los costes de limpieza. La compañía solo la abandonó porque era demasiado caro arreglar el embalse de relave. La gente perdió sus empleos y se marchó. Los pocos que nos quedamos tenemos derecho a tener agua limpia. Lo único roto son nuestros sueños.

Las dos se sobresaltaron ante el crujido de botas en la nieve. Las esperanzas de Kat se estrellaron cuando se dio cuenta de que el hombre no era Ranger.

—¿Elke? Me preguntaba dónde estabas—. El hombre se acercó y se presentó. —Soy Fritz—. Extendió la mano mientras hablaba con acento inglés. Kat supuso que eran marido y mujer.

—Katerina Carter. Llámenme Kat—. Le estrechó la mano.

Fritz era mucho más simpático que Elke. También tuvo un efecto calmante sobre su esposa, por lo que se sentía agradecida. —Solo estábamos hablando de la Mina Regal Gold.

—Ah —sonrió él. —Su tema favorito. ¿Te ha hablado del agua potable contaminada?

Kat asintió con la cabeza.

—No es solo nuestra agua potable. Las aguas subterráneas son absorbidas por la hierba que pastan nuestros animales, y así llegan a nuestra leche y nuestra carne. A los propietarios al otro lado del mar no les importa.

—Eso es terrible —accedió Kat. También era una lástima que Dennis Batchelor ni podía ni usaría su influencia para solucionar las cosas. Ella decidió preguntárselo directamente cuando volviera al refugio.

—Pero el agua y la mina no son tu problema. Tendrás que excusar a Elke. Es muy apasionada sobre ese tema—. Suspiró. —En cuanto a mí, he seguido adelante. No hay nada que pueda hacer contra gente tan poderosa. ¿Qué te trae aquí?

––Solo estoy de visita mientras mi novio hace un trabajo para Batchelor.

El rostro de Fritz se oscureció. ––¿Eso es así?

Kat lamentó inmediatamente su elección de palabras, que hacían que pareciera que Jace era un empleado de Batchelor. ––Está escribiendo la biografía de Batchelor––. Técnicamente una autobiografía escrita por un escritor fantasma, pero eso era irrelevante para la pareja. ––Batchelor dijo que su misión era proteger su inmaculada naturaleza.

––Probablemente no mencionó la carretera que está construyendo.

––¿Qué carretera?–– Kat recordó las fotos en la pared de Batchelor. Si la afirmación de Fritz era cierta, ¿qué había pasado con el protector del medio ambiente que se había encadenado a un árbol? Sus comentarios eran un eco de los de Elke. Aún así, Batchelor no había mencionado una carretera. De hecho, parecía estar completamente en contra del progreso de cualquier tipo.

––Ya basta, Fritz. Vámonos––. Elke cogió a su marido por el brazo y le alejó de allí justo cuando el motor de una motonieve sonaba más fuerte.

Ranger apareció.

Kat soltó un suspiro de alivio cuando la motonieve se acercó. Se giró para decirle adiós a la pareja, pero ya estaban a unos veinte metros de distancia, esquiando en dirección opuesta.

Se giró y caminó hacia la motonieve, pensando en la nieve y en las afirmaciones de la pareja. Había recorrido medio camino cuando un fuerte estruendo la detuvo en seco.

# 5

E l crujido fue imposible de ignorar desde la posición elevada de Kat. Un enorme bloque de nieve se había desprendido de la montaña directamente encima de ellos. La cornisa de nieve allí arriba formaba una profunda línea en V donde la nieve se había colapsado hacia dentro. Se mantuvo en animación suspendida durante un breve momento antes de que la gravedad se apoderara de la nieve, como si fuera una película sobre naturaleza a cámara lenta.

Entonces se armó la de Dios.

Un lado se derrumbó y descendió por la pendiente, como una flecha buscando su objetivo. La diana estaba a unos metros de donde ella y los Kimmel habían estado hacía menos de un minuto.

El segundo de silencio le pareció eterno mientras rostros y lugares, recuerdos y su futuro pasaron por delante de sus ojos. Armada con una perfecta perspectiva de lo que pasaría, aún así incapaz de detenerlo.

Otro fuerte rugido sonó cuando el segundo bloque se desprendió de la montaña. El suelo tembló, casi haciéndola caer. La vibración vino acompañada de un rugido sordo. Crecía in crescendo, casi ahogando los gritos de los Kimmel, pero sin conseguirlo. Fue como si toda la cima de la montaña hubiera sido cortada y lanzada pendiente abajo. Creció mientras recogía nieve en su estela, ensanchándose mientras caía ladera abajo.

Kat giró en la dirección que habían tomado Elke y Fritz. La avalancha se abrió unos treinta metros mientras formaba una bola de nieve y corría montaña abajo. Estaba a menos de quince metros por encima de ella, y aún así se había quedado paralizada por el miedo. Nunca podría correr más rápido que una avalancha.

Sus ojos siguieron la trayectoria solo para ver a Elke y a Fritz justo en el centro de la zona de avalancha. Fritz tropezó y cayó mientras intentaban cambiar de rumbo frenéticamente.

——¡Socorro! ——gritó Elke mientras tiraba del brazo de Fritz, esforzándose por ponerle de pie. Era demasiado tarde.

La bola de nieve ganó velocidad y cayó a plomo por la pendiente. Se ensanchó mientras se acercaba a unos cinco metros por encima de la pareja. La imagen congelada se grabó en el subconsciente de Kat, la pareja microscópica contra la enorme ola de nieve que se cernía por encima.

Luego se los tragó.

Y no hubo nada que ella pudiera haber hecho.

Nada de nada.

Y también venía a por ella. Gritó y corrió en dirección opuesta.

Los árboles.

Sus gruesos troncos eran todo lo que podrían salvarla de acabar enterrada en una tumba helada. Ellos podrían soportar la fuerza de miles dekilos de nieve. O quizás no. Los árboles estaban en la periferia de la zona de la avalancha, que por otro lado estaba desprotegida, prueba clara de los destrozos de previas avalanchas.

Los árboles eran su última esperanza, pero solo si llegaba a ellos a tiempo.

El grupo de árboles más cercano estaba a solo diez metros de distancia, pero sus pies apenas podían moverse en la profunda nieve. Caminar no había sido un problema, pero correr suponía un esfuerzo hercúleo. Cada pisada se hundía en la nieve como si fuera arenas movedizas.

El rugido se intensificó mientras el cielo se oscurecía. La nieve se cernía sobre ella como una ola hawaiana.

Tenía que correr o morir.

El grupo de álamos estaba ahora a solo tres metros de distancia, empequeñecidos por la avalancha. Incluso los árboles podrían derrumbarse bajo el bombardeo de la nieve, pero era su única oportunidad de sobrevivir.

La vibración la sacudió hasta la médula. Su corazón explotó en su pecho mientras se impulsaba hacia delante. Un paso, dos pasos...

¿Podría conseguirlo?

Se concentró en las copas de los árboles cuando se tambalearon bajo la primera ola de nieve.

Copos de nieve cosquillearon sus mejillas mientras la nieve cargaba hacia ella.

Llegó a los árboles y se derrumbó a los pies de un árbol, exhausta. Presionó su espalda contra el tronco y se preparó para la avalancha que había de llegar.

Un microsegundo más tarde, la pared de nieve golpeó con un poderoso ruido. Los árboles desaparecieron cuando la nieve la rodeó. Todo lo que veía era blancura mientras los helados copos escocían en su expuesto rostro. Instintivamente levantó las manos hacia arriba y sacudió los brazos para retirar la nieve. La montaña reverberaba mientras ella luchaba por permanecer en pie.

Igual de rápido como había venido, la avalancha se marchó.

Así como todo lo demás.

Se tumbó en el suelo en el hueco de medio metro en la base del álamo. Se esforzó por ponerse de pie, magullada y golpeada.

Se sacudió la nieve de la chaqueta y examinó su entorno. Incluso en la periferia de la avalancha, los daños eran graves. Solo su árbol y otro más seguían en pie. La docena o así de árboles restantes habían sido reducidos a astillas. Había sido pura suerte que ella hubiera escogido un árbol lo suficientemente fuerte como para soportar la fuerza de la avalancha.

Había estado cerca.

Demasiado cerca.

Levantó la vista hacia la cima de la montaña y vio que al menos un tercio de ella había desaparecido. El alud había sido más grande de lo que había sospechado. Sus ojos siguieron la trayectoria del desprendimiento montaña abajo. Todo en su camino había sido eliminado, el paisaje completamente transformado.

Había desaparecido el grupo de árboles que Elke y Fritz habían atravesado antes de que llegaran al claro. La mayoría de los otros árboles que alineaban la pista también habían desaparecido, enterrados bajo veinte metros o más de nieve. El lugar donde ella había estado momentos antes había recibido un golpe directo. Si no hubiera corrido, habría acabado sepultada.

Los árboles por encima de ella también habrían sido golpeados, excepto por el simple hecho de que estaban a solo unos metros alejados del camino directo de la avalancha. La nube de nieve que la había envuelto había sido simplemente una pulverización periférica, no la misma avalancha en sí.

Había tenido suerte. En el lugar adecuado en el momento adecuado cuando hizo falta.

Un grito se alojó en su garganta cuando sus ojos advirtieron movimiento. Un par de bastones de esquí se deslizaron una docena de metros pendiente abajo antes de quedar atrapados en una pequeña rama que sobresalía de la nieve. Cinco minutos antes esa rama había estado en la copa de un árbol de veinte metros.

A excepción de los bastones, la inmaculada nieve no reveló nada. Ni pisadas, ni camino, ni sendero. Ni movimiento.

Todo signo de vida humana eliminada.

A excepción de los bastones.

Cuando la pareja la había dejado unos minutos antes, Elke había llevado su rifle en una mano y los bastones en la otra. Sus bastones de esquí descansaban encima de la nieve solo porque no había usado las tiras para las muñecas. Ahora ella no estaba.

Fritz había estado unos cinco metros por delante de su mujer, pero tampoco se veían señales suyas.

Kat había hablado con ellos hacía menos de cinco minutos. Y en un instante quedaron enterrados en una prisión helada.

Kat corrió hacia el último lugar donde los había visto. Tenía que cavar para sacarlos antes de que se asfixiaran. Prácticamente imposible sin una pala para cavar o un transceptor para localizarlos bajo la nieve. De hecho, no tenía ningún tipo de equipo de rescate en caso de avalanchas. Sin cobertura móvil, ni siquiera podía pedir ayuda.

Todo lo que podía hacer era cavar con sus manos.

Gritó, esperando oír una respuesta.

Silencio.

Clavó sus manos en la nieve, esperando el fresco y suave polvo sobre el que había estado caminando. Pero esta nieve era dura y estaba helada, antiguas capas de hielo y deshielo cuando el clima cambió. Era como cemento. Pronto sus guantes estuvieron empapados y le escocían las manos por el hielo.

Había progresado menos de medio metro en cinco minutos.

Podrían estar muertos ya. No había habido respuesta por parte de la pareja, ni señales de que estuvieran siquiera en el mismo lugar donde les había visto por última vez.

Se dio cuenta horrorizada que ese lugar ni siquiera sería necesariamente el lugar donde habían sido enterrados. La nieve podría haberles arrastrado cinco, o incluso cincuenta metros más allá, antes de enterrarlos. Podrían estar en cualquier parte.

Podrían no estar juntos siquiera, dependiendo del ángulo y la velocidad con la que la nieve les hubiera golpeado. ¿Habían llevado consigo balizas de avalancha? Eso solo ayudaba si había alguien allí con un receptor.

—¡Oye! Ven aquí ahora.

Era Ranger, saludándola desde la motonieve. Se detuvo junto a los dos álamos restantes.

—No, tú ven aquí. Hay gente enterrada. Consigue ayuda—. Kat volvió a cavar.

—Acabo de pedir ayuda por radio —le gritó Ranger. —Tienes que salir de ahí. Ahora, antes de que otra avalancha suceda. Esa pendiente es extremadamente inestable.

—Tengo que sacarles. ¿Tienes una pala?— El tiempo era esencial antes de que fuera demasiado tarde. Ella no podía parar ahora.

––No hay nada que podamos hacer sin que muramos nosotros también. Ven aquí. Rápido––. Ranger dijo algo por la radio y volvió a hacerle gestos a Kat con la mano.

Segundos más tarde una voz masculina respondió. La estática de la radio era tan mala que no pudo discernir las palabras. Ni tampoco le importaban. Su único objetivo era encontrar a los Kimmel.

––Tenemos que salvarlos––. Ella nunca había experimentado una avalancha en primera persona, pero sabía que nadie salía de una sin ayuda. Las víctimas quedaban enterradas en nieve dura como el cemento, incapaz de mover sus brazos y piernas. Incluso a centímetros de distancia, eran invisibles y no eran detectados por los posibles rescatadores.

Los pocos que escapaban vivos normalmente tenían transpondedores de localización y un rescatador espabilado cerca. Aún cuando las palas y las sondas fueran puestas a trabajar inmediatamente, solo eran efectivas algunas veces. El tiempo no estaba de parte de las víctimas. Cualquiera que no fuera localizado y sacado en cuestión de minutos se asfixiaba.

Elke y Fritz yacían en algún lugar bajo la nieve, atrapados. ¿Oyeron su voz pero fueron incapaces de responder? ¿O ya era demasiado tarde?

––Oí la avalancha––. Ranger levantó la mirada de su radio. ––He llamado a Salvamento, pero ya te digo que es demasiado tarde para ellos. Aún podrías conseguirlo, pero tienes que salir de ahí a toda velocidad ya.

Ella permaneció inmóvil.

––Kat, han pasado casi treinta minutos. Nadie podría durar tanto.

¿Treinta minutos? Le parecía menos de diez, pero con todo lo que había pasado, probablemente había subestimado el tiempo transcurrido. Le parecieron solo minutos. Ranger tenía razón, pero eso no lo hacía más fácil. Kat se puso de pie y caminó hacia Ranger y la motonieve, exhausta y apenada.

––¿Qué provocó la avalancha?–– Kat examinó la ladera de la montaña, buscando pruebas de esquiadores o motonieves allí arriba, pero no había signos de actividad humana.

Las avalanchas eran raras en diciembre. Eran más comunes en primavera, cuando las temperaturas tenían más probabilidades de fluctuar, creando un ciclo de congelación y deshielo. Ella lo sabía por el trabajo de Jace como voluntario en las partidas de rescate. El clima aquí podría ser diferente al de las montañas costeras cerca de Vancouver, pero todas las avalanchas operaban según los mismos principios.

—No sé. A veces son los mismos esquiadores. Se sienten tentados por los amplios claros y esquían atravesándolos. Esas son las zonas más peligrosas. También es donde la mejor nieve polvo está.

Pero la pareja apenas había atravesado los árboles cuando el alud comenzó. Y la avalancha había empezado mucho más arriba de donde ellos estaban. De ninguna manera podían haberla provocado.

—¿No deberían haber llegado ya los de Salvamento?— El comentario de Ranger le molestaba. Fritz y Elke eran lugareños experimentados, así que habrían conocido el terreno. Algo no encajaba.

Ranger miró al cielo. —La ayuda debería llegar en helicóptero. Pensaba que ya estarían aquí.

Kat se agarró a un débil rayo de esperanza por la pareja, pero el reloj seguía corriendo. —¿No podemos acercarnos un poco? ¿Solo para tener la sensación de dónde podríamos empezar a mirar? Podría llevar algo de tiempo. Al menos podría ayudar a señalar a los rescatadores donde desaparecieron.

—Quizás un poco —asintió Ranger. —Siempre y cuando nos quedemos cerca de los árboles y lejos del camino de la avalancha.

Ella le siguió mientras realizaba un camino circular alrededor de donde ella había estado unos momentos antes. Caminaron despacio alrededor del perímetro de arbustos y árboles, buscando alguna señal de la pareja o su equipo. Aparte de los bastones de esquí, no había ninguna señal que indicara dónde la montaña se los había tragado.

Las avalanchas, como los tornados, a menudo lanzaban a sus víctimas lejos de sus lugares originales. Podrían estar en cualquier parte o debajo de su localización original y muchos metros bajo la nieve. Un rescate iba en contra de ellos.

—¿Qué es eso? —Kat señaló un objeto oscuro a unos cincuenta metros debajo de ellos. Supo la respuesta antes de que Ranger hablara. Era el rifle de Elke. Pero Elke no estaba por ninguna parte.

—No significa que ella esté cerca. Permaneció encima de la nieve porque es más ligero.

Estaban en la misma altitud en la que había estado la pareja por última vez, a solo unos metros de distancia. Ella examinó la nieve pero no vio señales de las huellas de la pareja antes de que desaparecieran bajo el alud. Habían estado directamente en la línea de fuego. El mismo impacto podría haberles matado, o al menos haberles dejado inconscientes.

Estaba a punto de darse la vuelta cuando vio el rastro.

—¿Ves eso?— Señaló las huellas de la motonieve a unos quince metros por encima de ellos. Extraño, puesto que ella no había oído ninguna otra motonieve. Y Ranger había llegado desde la dirección contraria. —¿Crees que eso lo provocó?

Ranger sacudió la cabeza. —Esa cornisa de nieve se rompió ayer, probablemente provocó la avalancha de hoy. Esos esquiadores tendrían que haber tenido más cuidado también.

Era extraño que dijera eso.

Kat recordó el comentario de antes de Ranger. Se había referido a la persona que llevaba el rifle como "ella". Ranger había llegado después de la avalancha. ¿Cómo había sabido que una persona era una mujer y que ella había sido quien portaba el rifle?

—¿Ayer?

—Como ya te he dicho, es peligroso quedarse aquí—. Ranger levantó la mirada hacia el cielo. —No tengo ni idea de por qué no ha llegado ya el helicóptero, pero cuanto más nos quedemos, más estaremos arriesgando nuestras vidas. Quien quiera que fueran, no hay esperanzas de que hayan sobrevivido.

—Reconocí a una de ellos: Elke, de la barricada de ayer. Estaba con su marido. Incluso hablé con ellos durante unos minutos antes de la... tragedia—. Un sollozo quedó atrapado en su garganta.

—Una tragedia—. La voz de Ranger estaba desprovista de emoción.

Kat recordó su conversación sobre la mina. —Estas personas... mencionaron una carretera que Batchelor quería construir. ¿Sabes algo de eso?

—Ellos no quieren que eso siga adelante, aún cuando es en beneficio de todos. Fingen que son ecologistas, pero no lo son. Son cultivadores de marihuana, y una carretera aumenta la posibilidad de que les pillen—. Echó una mirada hacia la avalancha. —Supongo que eso no sucederá ahora.

Kat se estremeció. Todavía no había señales de los rescatadores. —¿No puedes llamarlos por radio otra vez? ¿Dónde están?

Incluso en el improbable caso de que Elke o Fritz tuvieran la previsión de sacudir sus brazos delante de sus rostros para crear un bolsillo de aire, sus oportunidades de supervivencia eran inexistentes ahora. No era que hubieran tenido la oportunidad desde el principio. Ella se sentía responsable porque había sido incapaz de rescatarlos.

Ranger volvió a hablar por la radio y luego se giró hacia ella. —Están a unos diez minutos, atendiendo otra llamada.

A Kat se le cayó el alma a los pies. Entendió la ironía de la carretera. —Supongo que una carretera les habría ayudado en este caso. Simplemente no lo sabían.

Ranger asintió con la cabeza. —No puedes interponerte en el camino del progreso.

Eso no era exactamente lo que Kat había querido decir, pero de algún modo Ranger tenía razón.

# 6

---

Kat se sentó enfrente de la chimenea en el gran salón de la cabaña, sus temblorosas manos calentadas por una humeante taza de café recién hecho. Se hundió en el lujoso sillón, aún afectada por la avalancha.

Se había salvado por pura suerte de quedar enterrada bajo dos toneladas de nieve.

Pero Elke y Fritz habían sufrido un destino mucho peor. ¿Habrían sobrevivido si la ayuda hubiera llegado a tiempo? Ella nunca lo sabría y se sentía enferma por ello. La partida de rescate llegó finalmente, pero más de una hora después de la avalancha.

—No deberías haberte ido por tu cuenta así—. Jace se sentó en el borde del sillón de Kat, su brazo apoyado sobre su hombro. —Tienes suerte de que el alud no te arrastrara.

Ella no se sentía afortunada.

Ranger estaba a un lado de la chimenea, regueros de agua resbalando por sus pantalones impermeables. Un pequeño charco se formó sobre la piedra negra bajo sus pies. Dennis levantó la vista de la mesa, donde estaba sentado rodeado de cuadernos, hojas de papel, y dos ordenadores portátiles. Los dos hombres habían abandonado su trabajo desde el regreso de Kat y Ranger.

Dennis y Ranger intercambiaron una mirada. Luego ambos se concentraron en Kat.

—Estuvo demasiado cerca como para sentirme bien—. Se estremeció y se preguntó por qué Ranger no le había advertido sobre el inestable bloque de nieve. Era cierto que ella se había desviado unos cientos de metros de la ruta prescrita. Pero aún así...

—Unos pasos más y no estarías aquí hablando de ello—. Ranger se giró hacia Dennis. —Tal vez no sea una buena idea que ella salga en esta época del año.

Ranger y Kat habían vuelto a la cabaña una vez que la partida de salvamento interrumpió las operaciones de rescate en la escena de la avalancha. No habían hecho mucho más que anotar la trayectoria de los bastones y el rifle de Elke. Ellos también habían cuestionado las huellas de motonieve, pero ni Ranger ni ella podían explicarlas.

La operación estaba ahora clasificada como un esfuerzo de recuperación en vez de una búsqueda activa, ya que era evidente que nadie podía haber sobrevivido. El líder del equipo de rescate citó el tiempo pasado desde la avalancha y el riesgo para la seguridad del equipo.

Dennis asintió con la cabeza. —Con múltiples avalanchas, es probablemente mejor que te quedes por aquí en la cabaña.

Pues vaya con lo de explorar la grandiosa naturaleza. De todos modos solo estaban allí para pasar el fin de semana.

En la seguridad de la cabaña, Kat tuvo tiempo finalmente para pensar en el accidente. ¿Y si se hubiera encontrado con Elke solo unos cientos de metros más adelante en el sendero? Ella habría quedado enterrada junto con ellos. Se estremeció al pensarlo.

—Es una lástima que atravesaran la pendiente del modo en que lo hicieron—. Dennis sacudió la cabeza. —Imprudente, especialmente con las condiciones de los bloques de nieve por allí. Ellos deberían haberlo sabido.

Ranger asintió. —El riesgo de avalancha es bastante alto ahora mismo. ¿En qué estaban pensando?

Kat rememoró el accidente. Ella solo había estado en la periferia de la avalancha, y aún así el golpe de nieve la había golpeado como un muro de ladrillos. —Elke y Fritz no tenían ninguna oportunidad.

—Muy a menudo no hay previo aviso —acordó Dennis. —Incluso los lugareños como los Kimmel cometen errores.

Kat se giró hacia Ranger. —Tú nunca mencionaste ningún peligro—. Si Ranger estaba tan preocupado, ¿por qué no había mencionado el peligro de aludes cuando la había dejado allí? Aunque la había dirigido en dirección opuesta, ella podía fácilmente haber atravesado la misma pendiente que Elke y Fritz, sufriendo así un destino similar.

—No te quedaste donde te dije que fueras. Además, no había ningún peligro hasta ahora —Ranger se rascó la barbilla. —Luego dos avalanchas en un día. Nunca habría esperado eso.

Tres avalanchas, pensó Kat. Seguramente la avalancha del día anterior habría sido un indicador. El tiempo inestable era probablemente un factor. La tormenta de nieve de la noche anterior comprendía el riesgo de depositar una pesada capa de nieve fresca encima de los existentes bloques de nieve.

La avalancha de hoy había matado a dos personas. Había ocurrido exactamente en el mismo lugar que el día anterior. Ranger fingió sorpresa, pero su falta de emoción contradecía su afirmación. Había reaccionado como si el accidente fuera algo de todos los días. Cuando menos, la primera avalancha debería haber provocado una advertencia cuando él la dejó allí.

Demasiadas preguntas corrían por su mente, preguntas que no tenían una respuesta satisfactoria. El comportamiento de Ranger era muy extraño.

—¿Nos interrogará la policía?

Ranger la miró fijamente como si estuviera loca. —Fue un accidente.

—Pero dos personas han muerto—. Con seguridad eso garantizaría una investigación, incluso en algún lugar tan remoto como este lugar.

—Ya me he ocupado de todo —dijo Ranger. —He informado a la policía del accidente, al igual que el equipo de rescate y salvamento.

De todos modos no pueden recuperar los cuerpos hasta que la primavera funda la nieve. Es demasiado peligroso.

A excepción de unos minutos después de su regreso a la cabaña, Ranger apenas había estado fuera de su vista. Ella no le había visto hacer una llamada. ––¿Pero qué pasa con la escena del accidente? Seguro que investigarán eso, ¿no?

––Es demasiado peligroso en este momento. Podría provocar otra avalancha. Ya han recibido nuestro informe del accidente y eso no va a devolverles la vida.

––¿Nuestro informe?–– Ella era una testigo presencial, mientras que Ranger no había estado suficientemente cerca como para ver nada más que el resultado final. ––¿No necesitan hablar directamente conmigo?

––Yo les conté tus detalles––. Ranger se detuvo por un momento y luego añadió: ––Se pondrán en contacto contigo más tarde.

––Pero yo quiero hablar con ellos ahora, mientras todo está fresco en mi mente––. ¿Ninguna investigación mientras las pruebas estaban presentes? Con peligro o sin él, parecía una investigación muy deficiente.

Echó un vistazo a Dennis para evaluar su reacción, pero su cabeza estaba enterrada de nuevo en sus notas. Se dio cuenta de que el trágico accidente tenía una ventaja para él, ya que había extinguido convenientemente a su detractora más ruidosa. ¿Coincidencia? ¿O algo más?

––¿Son lugareños? ––Jace frunció el ceño. ––Me sorprende que se vieran atrapados por una avalancha. En mis diez años de voluntario en rescates nunca he visto tal cosa. Normalmente son los turistas y los senderistas sin experiencia, las personas no familiarizadas con la zona.

––Los Kimmel se estaban haciendo viejos ––dijo Dennis. ––Tomaron una mala decisión. No fueron demasiado complacientes, o quizás solo olvidaron lo peligrosas que pueden ser las montañas.

La pareja tenía casi setenta años, pero estaban más en forma que algunas personas veinte años más jóvenes. Kat pensaba que Elke estaba más en forma que ella. La edad no parecía ser un problema para ninguno de ellos, tanto física como mentalmente. —A mí me pareció que estaban bastante lúcidos.

—¿Han vivido siempre en esta zona? —preguntó Jace.

Dennis asintió. —Los Kimmel emigraron desde Alemania hace cuarenta años y han estado aquí desde entonces. Fritz trabajó en la mina local hasta que se jubiló hace unos años.

—¿En la Mina Regal Gold?— Fritz no había mencionado que él hubiera trabajado, y mucho menos que se hubiera jubilado, en la mina. ¿Pero por qué iba a hacerlo? La suya no fue más que una conversación de cinco minutos entre extraños.

—Esa misma —dijo Dennis. —Deja que adivine. Te habló de la conspiración para envenenar a los residentes locales.

Kat vaciló. —Pues no, aunque sí que acusó a la mina de negligencia. También pensaba que tú deberías haber jugado un papel más activo.

El destello de una expresión pasó por el rostro de Dennis. Un segundo más tarde había desaparecido. Se giró hacia Ranger. —Mira a ver si puedes ayudar a la familia con los preparativos para el funeral.

—¿Estás absolutamente seguro de que no hay nada que los equipos de rescate puedan hacer? ¿Al menos para recuperar los cuerpos?— Kat no podía imaginar cómo sería para la familia.

Ranger negó con la cabeza. —Demasiado arriesgado.

—¿Simplemente les dan por muertos?— Kat conocía los riesgos por el trabajo como voluntario de Jace con los equipos de rescate, pero la rapidez de la evaluación la sorprendió. —Quiero volver allí. Alguien debería hacerlo.

Dennis sacudió la cabeza. —No supondrá ninguna diferencia. Se han ido y ya no podemos ayudarles. Estás sufriendo de culpabilidad del superviviente. Déjalo estar.

—¿Cómo? Simplemente no podemos dejarles allí.

—No lo haremos —dijo Dennis. —Una vez que el clima vuelva a ser más frío y las capas de nieve se estabilicen, les buscaremos. Podrían pasar días o semanas.

O más tiempo, pensó Kat. Él solo quería que ella dejara de hablar de ello.

—Suena cruel, Kat, pero es demasiado peligroso para los rescatadores—. Jace se puso de pie y se dirigió a zancadas hacia la mesa. —Si no han salido al cabo de unos minutos, ya no es una partida de rescate. No hay esperanzas de supervivencia. Es demasiado peligroso arriesgar las vidas de otras personas por ello.

—Jace tiene razón —dijo Ranger. —Nos arriesgaríamos a provocar otra avalancha.

—Eso lo entiendo, pero sigue siendo terrible—. Se giró hacia Ranger. —¿Les conocías bien?

—Bastante bien, supongo. Pero eso no quiere decir que me gustaran demasiado. Es una tragedia y todo eso, pero tengo que decirlo: eran problemáticos.

—¿Por qué dices eso?— Ellos parecían amables. Aparte de Elke apuntándole con un rifle, claro.

—Estoy de acuerdo con Ranger. No atendían a razones —dijo Dennis. —Sus tierras están junto a la mina, y hemos tenido numerosos encontronazos con ellos en el pasado. Tendían a emprender acciones primero y a preguntar después. Pero bueno, siento que fueran atrapados por la avalancha. No se lo desearía a nadie.

—¿Qué tipo de encontronazos? —Kat quería saber más.

—Solo disputas de vecinos. No es que importe ya—. Dennis se giró hacia Jace. —Hora de volver al trabajo. Tenemos una historia que escribir.

El fuego rugía en la chimenea, pero Kat sintió un escalofrío en el aire.

## 7

U na hora más tarde y de vuelta en su cabaña, Kat se quitó la
ropa mojada y se metió en la ducha. El agua caliente
eliminó los escalofríos físicos, pero no pudo eliminar sus
pensamientos sobre la tragedia. Las vidas de los Kimmel habían sido
extinguidas en menos de un minuto. Sus protestas fueron silenciadas
instantáneamente, sus voces ya no serían oídas. Se estremeció al
pensarlo.

Elke y Fritz eran prácticamente extraños, y aún así sentía una
conexión tras presenciar sus trágicas muertes. Contuvo las lágrimas,
ya que sentía que era irracional estar tan disgustada por gente a la
que ni siquiera conocía. Su reacción probablemente procedía de lo
cerca que había estado ella también de la tragedia. El accidente no
había trastornado mucho a Dennis o a Ranger. Ambos lo achacaron a
la fuerza de la naturaleza y luego continuaron con su día. Aunque era
muy obvio que a ellos no les gustaba la pareja, Kat había esperado
más emoción por unos vecinos a los que habían conocido desde
hacía décadas. Ellos habían estado en la zona; también podían haber
sido víctimas.

¿Cómo podían ser tan desalmados?

Salió de la ducha al suelo de piedra con calor radiante, el calor reconfortante bajo sus pies. Se secó con una toalla y se preguntó cómo Dennis y Jace podían continuar trabajando. Por supuesto, Jace no había estado allí, no conocía a la pareja, y no tenía más remedio que seguir el ejemplo de Dennis. Dennis era otra historia. Le gustaran o no, los Kimmel eran sus vecinos, y el accidente había ocurrido cerca. Su despreocupación le preocupaba.

Kat se puso unos vaqueros y una sudadera, y encendió un fuego con el montón de troncos junto a la chimenea. Probablemente estaba exagerando, traumatizada por su afortunado escape. Después de todo, ella apenas conocía a la pareja. Pero algo parecía estar mal. Aunque no podía señalarlo, no podía sacudirse la sensación de que había obviado algo importante.

Sus sospechas aumentaron mientras alimentaba el fuego. El fatal accidente de los Kimmel parecía un resultado afortunado para sus enemigos. A juzgar por los comentarios de Dennis y Ranger, los Kimmel eran la fuerza impulsora detrás de las protestas contra la mina, y Elke Kimmel parecía ser, de hecho, la líder. Quizás no había sido un accidente.

Suponiendo que no fuera un accidente, ¿quién querría ver muerta a la pareja?

Los dueños de la mina ciertamente se beneficiarían de sus muertes. Sin embargo, como propietarios ausentes, no estaban en el vecindario. ¿Podrían estar implicados indirectamente?

La animosidad de Dennis hacia la pareja era obvia, aunque él no lo había dicho directamente. A Kat se le antojaba extraño, ya que teniendo en cuenta su mutuo historial como amantes de la naturaleza y manifestantes, eso les daba muchas cosas en común. Al menos debería haber provocado un poco de simpatía. El comportamiento de Ranger también era extraño, especialmente su insistencia para que se retrasara la búsqueda.

¿Se estaba imaginando una conspiración donde no existía nada? Quizás, pero las teorías de la conspiración a menudo contenían elementos de verdad. Quizás ese era el caso aquí.

Su más reciente teoría se le había ocurrido en la ducha. Cuanto más pensaba en ello, más se convencía de que la avalancha de hoy era algo más siniestro que un accidente. Ranger tenía medios, motivo, y oportunidad. Los Kimmel le disgustaban intensamente, y su ubicación y tiempo inmediatamente antes del accidente no habían quedado claros. Tenía una motonieve, la cual podría haber dejado el rastro arriba, en la pendiente de la montaña.

También explicaba por qué no había sentido deseos de responder a sus preguntas.

Al demonio con Ranger, las partidas de búsqueda, y la policía. Si ellos no deseaban dar un paso al frente e investigar, ella lo haría. Este no era uno de sus habituales casos de investigación de fraudes, pero compartía los mismos elementos básicos: medios, motivo, y oportunidad.

Claro estaba, si es que era un crimen. Pero dadas todas las inconsistencias, ¿cómo podía no serlo?

Reprodujo los sucesos en su mente. ¿Por dónde empezar? Rebuscó en su bolso, sacando un cuaderno y un lápiz. Como estaba atrapada en la cabaña sin nada mejor que hacer, bien podría anotar algunas ideas mientras los detalles seguían estando frescos en su memoria. Le vendrían bien si y cuando la policía finalmente se dignara a hablar con ella.

Primero, anotó los primeros comentarios de Dennis y su reacción ante la noticia. Puso un signo de interrogación junto a su relación con los Kimmel. Lo exploraría con más detalle más tarde.

Ciertamente Ranger y Dennis no sentían un gran afecto por ellos. ¿Había otros? El resto de los manifestantes serían una buena fuente de información. Ella necesitaba llegar a ellos sin que Ranger o Dennis lo supieran.

Volvió a concentrarse en las huellas de motonieve, ya que probablemente habrían provocado la avalancha al desestabilizar las capas de nieve más débiles. Los inestables patrones climáticos de las últimas semanas eran un factor. La constante congelación y descongelación de la nieve y la lluvia helada, junto con temperaturas más cálidas durante los días anteriores, había reblandecido el bloque de nieve.

Incluso ella sabía eso gracias a hacer senderismo con raquetas de nieve por los bosques. Era el ABC de las avalanchas.

Las capas de nieve acumuladas con cada nevada hacían que algunas fueran más pesadas que otras. El grosor y la densidad dependían de la humedad y la duración de la nevada. Los cambios de temperatura establecían un ciclo de calentamiento y enfriamiento, deshielo, y vuelta a congelar. En días más cálidos como aquel, algunas capas se descongelaban más que las demás. Cuanto dependía de la localización; por ejemplo, si les daba el sol directo. Un día cálido y el deshielo eran a menudo suficientes para debilitar la adhesión de las capas y comenzar un alud. Las capas más nuevas que todavía no se habían fundido con las capas más antiguas eran particularmente propensas a los deslizamientos.

Al mirar la ladera de la colina, era obvio que había una propensión a las avalanchas, teniendo en cuenta sus agudos ángulos bajando desde las dos cimas de la montaña, que formaban un valle natural en mitad de la pendiente. Anteriores avalanchas habían eliminado árboles de esa parte de la montaña, la reveladora cicatriz ahora el camino de menor resistencia para futuros aludes.

La partida de rescate, Ranger, y Dennis sabían del impacto climático y el historial de avalanchas de esta zona en particular. Presumiblemente los Kimmel y todos los demás residentes del lugar también lo sabían. Aunque el riesgo era de conocimiento común, solo la madre naturaleza sabía el momento o lugar exacto de una futura avalancha. El lugar donde el alud tendría lugar podía ser predicho, pero nunca el momento exacto.

Todo eso apuntaba a un trágico accidente en lugar de a un siniestro crimen.

Excepto que la avalancha había ocurrido por la mañana, antes de que el sol hubiera calentado la pendiente. La nieve no se había descongelado porque la temperatura era fría y la pendiente aún estaba en sombras. Las avalanchas casi siempre ocurrían por la tarde, después de que el sol calentara la nieve inestable.

Quizás la madre naturaleza había tenido ayuda.

Volvió a recordar las huellas de motonieve que había notado justo antes de la avalancha. ¿Había desencadenado una motonieve las fuerzas de la naturaleza? Conociendo la inestabilidad del bloque de nieve, ¿podía alguien haber desencadenado el alud a propósito?

Ella escribió "motonieve" e hizo una anotación para comprobar quién más tenía una. En una zona tan escasamente poblada habría probablemente solo unas cuantas motonieves. Sin embargo, probablemente todos los lugareños tenían acceso a una, tanto prestada como en propiedad. Apenas reducía el círculo de sospechosos.

No todo el mundo había tenido la oportunidad de desencadenar la avalancha, sin embargo. Solo aquellos que ya estaban en la montaña y en el vecindario tuvieron la oportunidad de hacerlo. ¿Quién más había estado cerca de la montaña?

Ranger, para empezar.

Pero ella no había visto ni oído ninguna motonieve antes de la avalancha. Ciertamente habría oído el motor si hubieran conducido por la pendiente por encima de ella.

A menos que las huellas hubieran sido dejadas antes. Ella recordó el comentario de Ranger de que había habido un alud el día anterior. Las huellas de motonieve podían haber sido dejadas el día anterior. Aunque eran fácilmente visibles desde abajo, el peligro después del alud de hoy significaba que nadie las había inspeccionado de cerca. Las huellas podrían no haber sido frescas.

La motonieve podría haber provocado la primera y menor avalancha del día anterior. El ahora debilitado bloque de nieve había quedado preparado para una segunda avalancha. Parecía disparatado que una reacción en cadena se hubiera puesto en movimiento tras un retraso de veinticuatro horas, pero sucedía todo el tiempo.

Los cambios de temperatura y el resultante ciclo de congelación y descongelación creaban inestables capas de nieve. Una capa de hielo fundido era mucho más pesada que una capa de nieve polvo. Se volvía pesada encima y no tenía suficiente tiempo para fundirse o volverse a fundir durante la noche con la capa de debajo. Si a eso se añade una pendiente inestable por una reciente avalancha, tenías la receta perfecta para un desastre.

Excepto que el tiempo había sido muy frío últimamente, y se

esperaba otra tormenta esa noche.

Alguno de los otros manifestantes podría haber tenido un motivo para hacerle daño a los Kimmel. Podría determinarlo fácilmente pasándose por la barricada e interrogándoles. La mayoría tendría coartadas, ya que podrían atestiguar de la presencia de los otros en la barricada.

Alguien del grupo podría conocer la razón por la que Elke y Fritz habían estado en la montaña en primer lugar. Según Ranger, ellos normalmente se pasaban los días en la barricada de protesta. Pero hoy fue diferente. Se habían estado dirigiendo a casa desde el lugar de la protesta aún cuando todavía era por la mañana. Era demasiado temprano para que ellos dieran el día por concluido. ¿Fue una desafortunada coincidencia, o alguien o algo había provocado que se desviaran de su rutina habitual?

Eso hacía que surgiera otra pregunta. Dado el conocimiento del terreno de los Kimmel, ¿por qué habían elegido esa ruta para empezar? ¿Por qué no habían ido por la carretera o un sendero más seguro?

Por otro lado, si la avalancha había sido intencionalmente preparada, era casi imposible calibrar con precisión la avalancha para que sucediera en el minuto exacto en que los Kimmel estarían en la pendiente. El culpable tendría que estar presente en el momento exacto del desastre.

La mayoría de las avalanchas eran provocadas por algo o alguien. Los Kimmel estaban demasiado abajo en la montaña como para provocarla ellos mismos. Había empezado muy por encima de ellos en la cima de la montaña. Pero Kat no había visto a ninguna otra persona cerca, ni había visto otras huellas. Eso no significaba que no las hubiera, ya que no había recorrido toda la zona. Probablemente había otros senderos que llevaban al saliente y que ella desconocía. Garabateó una nota para comprobar todos los puntos de acceso.

Como fuera, alguien había estado allí. No podían evitar dejar huellas en la nieve, tanto si eran huellas de motonieve como de pisadas. La nieve conservaría esas huellas, al menos temporalmente hasta la siguiente nevada. Era imperativo que las buscara ahora.

Estaba en completo desacuerdo con el comentario de Ranger de que era demasiado peligroso volver. Un tercio del bloque se había derrumbado. Simplemente no quedaba suficiente nieve como para formar una nueva avalancha. En realidad ahora era el momento perfecto, antes de que la siguiente nevada eliminara las huellas.

Sus pensamientos volvieron a los manifestantes de fuera del pueblo, y a quienes Ranger había acusado de bloquear el camino con árboles caídos. ¿Quiénes eran, y qué querían exactamente? Había sido parco con los detalles.

El único modo de averiguarlo era localizándolos y hablando con ellos. Pero se suponía que ella no podía abandonar la propiedad debido a la zona de avalancha. No sabía sus nombres ni su información de contacto, así que no tenía ningún otro modo de contactar con ellos. Otra razón para salir en una misión exploratoria.

Una cosa era cierta. Ella no podía esperar más y arriesgarse a que una nueva nevada eliminara las pruebas. Dennis y Ranger podían recomendarle que no volviera a la colina, pero no podían decirle qué hacer. Tampoco podían interferir si mantenía sus planes en secreto.

Dennis y Jace estaban ocupados escribiendo, y si Ranger le preguntaba, ella le diría que solo había salido a dar un paseo por la propiedad. Tenía la oportunidad perfecta para comprobar las cosas ella misma. Siempre y cuando tuviera mucho cuidado, estaría bien.

Comprobó su reloj. Las dos en punto. Al menos un par de horas antes de la caída de la noche. Mucho tiempo para llegar a la pendiente si saliera en ese instante. Metió la cámara en su mochila y se puso las botas. Quizás nadie más pensara que hacía falta un seguimiento, pero ella sí lo creía. De hecho, ella tenía todo el derecho de exigir una investigación, ya que se había escapado por poco. Claramente Ranger y Dennis sentían que el caso estaba cerrado. Y, si ella creyera a Ranger, la partida de rescate pensaba lo mismo. Ella no sabía si o cuando investigaría la policía, pero tenía un presentimiento de que nunca lo harían. El único modo de no dejar las cosas al azar era hacerlo ella misma.

Si nadie más iba a investigar, lo haría ella.

## 8

Kat recorrió rápidamente el camino que llevaba a la cabaña, pero cortó camino por el camino de entrada para evitar ser detectada por cualquiera que estuviera dentro. Su camino estaba directamente en el ángulo de visión desde la ventana del estudio de Dennis. Siempre y cuando nadie mirara por la ventana durante el próximo minuto, ella permanecería invisible. Soltó un suspiro de alivio cuando llegó al lado contrario del camino.

El Land Cruiser de Ranger brillaba por su ausencia en su aparcamiento habitual junto a la entrada principal. Un inesperado golpe de suerte. En el improbable suceso de que alguien la viera, ella afirmaría haber salido a dar un paseo por el perímetro vallado de la propiedad. La parte del paseo era verdad, pero su ruta la llevaba más bien fuera de la propiedad hacia la zona de la avalancha.

Ahora estaba más allá del campo de visión del estudio de Dennis, pero aún seguía siendo visible desde las otras ventanas de la cabaña si alguien mirase hacia fuera. A menos de cincuenta metros, la cuesta abajo la haría invisible desde cualquiera de las ventanas de la planta baja de la cabaña. Siempre y cuando Ranger no volviera antes de que ella estuviera fuera de la vista de todo el mundo, nadie la vería marcharse.

Esa idea hizo que se detuviera. Probablemente no debería volver a la zona de la avalancha sola sin decírselo al menos a alguien, y a Jace en particular. Por otro lado, no podía interrumpirle solo porque ella hubiera decidido salir a dar un paseo. Decírselo en persona también significaba que Dennis o Ranger sabrían lo de su misión para encontrar respuestas, y eso sería incómodo cuando menos. Sin cobertura móvil ni siquiera podía llamarle. Ni la cabaña tenía teléfono.

Aún cuando se lo contara a Jace en privado, él insistiría en que se quedara en el lugar por motivos de seguridad. Eso no serviría, porque ella estaba segura de que la avalancha no había sido un accidente. El problema era que no tenía pruebas de ello. Pruebas que solo podría encontrar visitando el lugar.

Debatió si debía dejar una nota, pero decidió que era mejor no hacerlo. Jace solo se preocuparía, aunque ella podía cuidarse muy bien por sí misma. Se lo contaría más tarde, una vez estuviera a salvo y de vuelta en la cabaña, armada con cualquier prueba que descubriera.

Jace había confiado en la evaluación de las condiciones realizada por Dennis y Ranger, las cuales ella sentía habían sido exageradas. Ella era la única con conocimiento de primera mano, ya que ella había estado allí. Dennis no lo había visto, y Ranger solo había aparecido después del suceso. Ella era perfectamente capaz de evaluar las zonas de peligro y permanecer fuera de la zona de riesgo. Ya lo había hecho una vez hoy.

Planeaba fotografiar la pendiente y las huellas de la motonieve, conservando las pruebas antes de que desaparecieran para siempre. La partida de rescate, Ranger, y los demás consideraban la muerte de los Kimmel un trágico accidente, pero ella pensaba diferente. Su falta de motivación para investigar más le parecía raro cuando menos, y sospechoso hasta lo indecible. Conocer la causa prevendría futuras tragedias, ¿entonces por qué no lo investigaban? O bien eran vagos, negligentes, o bien tenían otras razones para no seguir investigando. Ella sospechaba que era lo último. En cualquier caso, ella seguía sin estar convencida de que fuera un accidente fortuito. Eso significaba que tenía que preservar las pruebas antes de que fueran borradas por la nevada de esa noche.

Las huellas de la motonieve no eran suficientes para rastrear al conductor, pero ciertamente estrechaban el cerco. Las huellas podrían incluso apuntar a una marca y modelo en particular. Ella no sabía lo suficiente sobre motonieves como para estar segura, pero los expertos podrían identificar una marca o modelo a partir de una fotografía. Probablemente había otras pruebas en la escena que solo serían visibles desde lo alto de la pendiente. Preferiría no ser quien hiciera eso, pero alguien tenía que hacerlo. Era demasiado tarde para ayudar a los Kimmel, pero no era demasiado tarde para determinar qué había pasado y prevenir otra tragedia.

Levantó la vista al cielo. El sol había desaparecido detrás de las oscuras nubes que se movían desde el norte. Las nubes eran bajas y cercanas, del tipo nimbostrato que traían nieve. La tormenta podría golpear antes de lo previsto.

La predicción del tiempo decía que habría nieve pesada, hasta medio metro en las elevaciones más bajas. La acumulación podía ser el doble en esa elevación de las montañas. Era su última oportunidad de ver las huellas antes de que fueran completamente eliminadas con nieve nueva.

Probablemente tenía una hora o así antes de que comenzara la nevada, casualmente la misma cantidad de tiempo que necesitaba para llegar a la cima de la pendiente. El pico estaba a un paseo más corto que la vuelta en motonieve que le había dado Ranger, y se preguntaba por qué no la había llevado a ese sitio en primer lugar. Aparte de estar más a salvo arriba del risco, probablemente tenía unas vistas fabulosas. Ella ahora conocía su entorno, ayudada por su senderismo fuera de ruta de esa mañana y su actual ruta. Varias sendas cercanas llevaban en la misma dirección. Optó por la más cercana a la carretera por la que habían llegado el día anterior.

Palpó su cámara, decidida a conseguir tantas fotos de las huellas como pudiera. Planeaba hacer fotos del risco y la pendiente de abajo tras la avalancha. Luego enviaría las fotografías a expertos objetivos y que no fueran de la zona, pidiéndoles una segunda opinión. Jace, con su experiencia con las partidas de rescate, podría incluso tener algunas ideas iniciales. Ambos tenían muchos contactos en Vancouver y en otros lugares a los que podían acudir.

En cualquier caso, ella no tenía tiempo que perder. Comprobó su reloj. Ya eran las dos en punto, y un viaje de ida y vuelta a pie la acercaría peligrosamente al anochecer. Esperaba que la nieve aguantara hasta entonces. Aumentó el paso hasta ir a paso ligero, y permaneció cerca de los árboles para evitar ser detectada.

Lamentaba no haberle dejado una nota a Jace, pero era demasiado tarde para eso ahora. Volver sobre sus pasos no solo retrasaría su viaje, sino que también haría que la descubrieran. Si Ranger o Dennis fueran conscientes de su investigación, indudablemente la detendrían. El tiempo era esencial si quería regresar antes de que la tormenta llegara.

Llegó a la valla, una barrera de postes de madera y alambre de espino que se extendía por toda la longitud de la propiedad. Se agachó y pasó entre dos de los alambres, con cuidado de no engancharse la ropa con los pinchos. Se detuvo al otro lado, aún dudosa sobre lo de ir sola. No estaba familiarizada con la zona y todavía estaba afectada por la avalancha. ¿Y si había una repetición del alud y la pillaba sola? Nadie sabría siquiera que ella estaba allí.

Si había sido un accidente, no había nada que ver y ninguna razón para regresar. Las probabilidades de que la avalancha hubiera sido intencionalmente provocada eran infinitesimalmente pequeñas y no merecían la pena arriesgar su seguridad.

Pero aún así...

Si la avalancha había sido premeditada, proporcionaba un modo casi infalible de irse de rositas con un asesinato. Volvió a reproducir el accidente en su mente. Los Kimmel habían sido miembros vocales de la comunidad, y aún así todo el mundo parecía haber seguido adelante con sus vidas. No todo el mundo, se dio cuenta. Ella solo había hablado con Dennis, Ranger, y un puñado de gente de la partida de rescate. Nadie del grupo de protesta. Los manifestantes eran exactamente la gente con la que necesitaba hablar. Conocían a

los Kimmel y también estaban mejor equipados para preservar cualquier prueba.

Debatió consigo misma mientras caminaba arduamente por la
nieve. La carretera estaba a solo unos metros de distancia del camino,
cerca del cruce donde los manifestantes habían montado su barricada. Ellos bien podrían haber comprobado el lugar de la avalancha
ellos mismos. Si ese fuera el caso, su viaje era completamente innece-
sario. Estaba cansada de dudar de sí misma. Una conversación con
los manifestantes podría ser un buen comienzo.

La barricada estaba situada en la dirección general, mientras que
la pendiente estaba mucho más cerca; como mucho a unos veinte
minutos caminando. Podría estar de vuelta en la cabaña en una hora
en vez de en dos, mientras todavía no hubiera oscurecido, y antes de
que Jace terminara con Dennis. Era mucho más fácil contarle sus
aventuras después de que hubieran ocurrido. De ese modo él no se
preocuparía por su seguridad.

Los manifestantes podrían compartir sus sospechas. Sus
opiniones diferían indudablemente de las de Dennis y Ranger, dos
hombres que apenas eran representantes de los lugareños. Ellos
podrían proporcionarle antecedentes sobre los Kimmel, así como
sobre el historial de avalanchas de la pendiente. Los amigos de la
pareja probablemente apreciarían su relato en primera persona como
testigo y superviviente. Hablar con los manifestantes proporcionaría
más información y cierre a la desgracia.

Siguió caminando fatigosamente hasta que llegó a un camino
adyacente. Al cabo de unos minutos se vio detenida en seco por unos
árboles caídos. Reconoció que era el mismo camino que había recorrido con Ranger ese mismo día más temprano. Hizo una pausa para
echar un vistazo más de cerca a la barrera que Ranger había atri-
buido a un grupo de manifestantes de fuera del pueblo. Al menos
dos docenas de troncos estaban apilados a un metro de alto, y el
camino tenía una empinada cuesta hacia abajo, rodeado de densos
arbustos. Quien quiera que los hubiera colocado allí había necesitado maquinaria para talar los árboles. Cada árbol tenía al menos
medio metro de diámetro y marcas recientes de corte con una moto-

sierra. Los manifestantes de fuera del pueblo habían venido bien equipados.

Desanduvo su camino hacia el sendero original. Los Kimmel fueron obligados a atravesar la zona de la avalancha como resultado directo de esta barrera. Su única opción había sido tomar el camino más largo por el camino y la carretera, un camino al menos dos veces más largo.

Según Ranger, los Kimmel tenían una presencia constante en la barricada la mayoría de los días, marchándose a la misma hora todas las tardes. Si alguien les quisiera muertos, simplemente necesitaba esperarles a la hora señalada.

Se quedó helada en el sitio. Ella se había encontrado a los Kimmel a media mañana en lugar de a su hora de partida habitual por la tarde. ¿Por qué se habían desviado de su rutina? Todavía estarían aquí si se hubieran ido a casa a su hora normal. Los otros manifestantes podrían conocer la razón tras su repentina marcha.

Kat se abrió camino a lo largo del sendero y, veinte minutos más tarde, salió a la carretera, a menos de veinte metros de la barricada. Salían llamas de un bidón de gasolina, pero no había manifestantes a la vista. Se sintió desanimada. No se le había ocurrido que se hubieran marchado antes tras oír lo del accidente.

Mientras se acercaba, notó una docena de letreros de protesta apoyados ordenadamente contra una furgoneta. Había alguien allí después de todo.

Un curtido hombre con barba de unos setenta años se acercó a ella. Llevaba una chaqueta de esquí de aspecto anticuado, con la insignia de las Minas Regal Gold y un blasón que decía "Ed".

—Tú eres de la cabaña.

Kat asintió con la cabeza. En un lugar tan pequeño, probablemente todo el mundo sabía que ella era una invitada de Dennis, aún cuando ella no les conociera. Se presentó de todos modos. —Mi nombre es Kat. ¿Puedo hablar con usted sobre los Kimmel? Yo estaba allí cuando pasó.

Él entrecerró los ojos. —Pues parece que a ti te fue bien.

Ella notó con alivio que iba desarmado. —Simplemente tuve

suerte. Aunque no me siento muy afortunada. Pero yo estoy aquí y
ellos no––. Notó un nudo en la garganta. ––Sin embargo, me pareció
que era más que un accidente. Vi huellas de una motonieve en la
cima del risco.

El hombre no dijo nada.

––¿Por qué se marcharon los Kimmel de la barricada a media
mañana? ¿No se quedaban normalmente todo el día?

––Pareces saber un montón sobre ellos. ¿Te lo ha contado Ranger?

Ella negó con la cabeza. ––No. De hecho, él ni siquiera quiere
hablarme sobre ellos. Supongo que no mantenían una relación muy
amistosa que digamos.

––Ahí tienes razón––. Él miró hacia atrás, hacia el bidón del
fuego. ––Si fuera tú, volvería a la cabaña. Se acerca una tormenta. No
querrías verte en medio de ella.

Ed era educado pero obviamente desconfiaba de ella.

––En cuanto a lo de las huellas de motonieve... Estoy segura de
que provocaron la avalancha. Quizás se hizo a conciencia, y Elke y
Fritz eran el objetivo. ¿Tenían enemigos? ¿Alguien que quisiera
hacerles daño?

––Más te vale meterte en tus propios asuntos. No es nada de tu
incumbencia.

––¿Y exactamente a quién le incumbe? A nadie parece importar-
le––. La muerte de la pareja era prácticamente algo olvidado para
Dennis y Ranger, pero seguramente debía importarles a Ed y a los
otros manifestantes. Ellos también podían ser objeto de accidentes.

––¿Y a ti sí?

––Les vi justo antes de que quedaran enterrados bajo el alud. Yo
también podría haber muerto. Quien haya hecho esto debe ser
detenido.

––¿Hablaste con ellos?

Finalmente le había tocado una fibra.

––Elke y Fritz me hablaron del otro grupo de manifestantes––. Le
explicó lo del camino bloqueado. ––No puedo evitar pensar que
alguien les obligó a tomar esa ruta. Estaban allí porque su ruta habitual estaba bloqueada.

—Yo creo en las protestas pacíficas. Elke y Fritz también. El otro grupo de manifestantes no estaba de acuerdo, decían que las cosas no se movían con suficiente rapidez. Son manifestantes profesionales con mucho dinero, del tipo que cubre la prensa, vendiendo su historia para las noticias de las seis. La suya es una operación de las que complacen a las multitudes y están de moda por el momento. Ellos no viven aquí, ni siquiera hablan con nosotros. Incluso le cambiaron el nombre a algunos de nuestros lugares.

—No pueden hacer eso.

—Pero lo hacen, con nombres inventados en sus brillantes panfletos de publicidad. La montaña está siendo reinventada, con nombres como Risco del Espíritu del Cuervo o Bosque del Gran Oso. Mucha más gente oye esos nombres en vez de los auténticos. Nos están ahogando, hasta que todo el mundo olvide los nombres auténticos, nuestra historia auténtica.

«También quieren echarnos de aquí. Yo he estado aquí toda mi vida. Mi bisabuelo tenía un rancho aquí. Limpiamos el valle, fundamos Paradise Peaks. Ahora dicen que estamos arruinando la naturaleza. No estamos haciendo una maldita cosa de un modo diferente a como las hemos hecho siempre. Vivimos aquí, y estábamos aquí primero.

«Ellos son el problema, haciendo publicidad que no queremos, atrayendo a esos tipos santurrones que comen granola y beben agua embotellada, con su ropa de cáñamo y sus coches híbridos.

Kat asintió y le dejó hablar.

—No hay nada que podamos hacer al respecto. Ya no quedamos tantos y estamos cansados de luchar durante años sin fin. Algunas personas se mudaron para encontrar trabajo después de que la mina cerrara, y todo el mundo está harto del agua contaminada.

Ed y los manifestantes eran las víctimas, no los acosadores. —¿Y aún así quieren construir una nueva carretera?

—Sí. Dennis dijo que él pagaría los gastos porque una nueva carretera haría que todo fuera más seguro. Dice que el único modo de limpiar este desastre financiero es atrayendo los dólares de los turistas, convertir esto en una meca de la naturaleza. Bueno, no estamos de acuerdo. No nos van a obligar a aceptar su maldito asfalto cuando un camino de tierra está suficientemente bien. No queremos ver más santurrones con su discurso de "salvar los bosques". Solo queremos vivir lo que nos quede de vida en paz.

No era raro que despreciaran a Batchelor. Él tenía algún tipo de acuerdo con los manifestantes de fuera del pueblo para conseguir sus propios propósitos. Era un abusón, intentando meterles el comercio por la garganta en una proposición de o lo tomas o lo dejas. En gran medida había funcionado. Casi todo el mundo había sido alejado, excepto por unos cuantos jubilados testarudos.

—¿Te marcharías alguna vez?

Ed negó con la cabeza. —Tendrían que sacarme a rastras. La mayoría de nosotros crecimos aquí, criamos a nuestras familias y nos jubilamos aquí. Elke y Fritz se sentían igual.

Alguien sabía que solo se marcharían en un ataúd, no en un camión de mudanzas. Y habían hecho que sucediera. —Esta carretera... ¿hacia dónde irá?

—Desde la base de la montaña justo hasta la cima.

—¿Por cima te refieres a la meseta donde está situada la cabaña de Batchelor?

Él asintió con la cabeza.

¿Qué tenían en común una mina abandonada, agua contaminada, y avalanchas mortales? Se libraban de las personas, de un modo u otro. Una nueva carretera traería más gente, pero serían personas diferentes a los residentes actuales. Ella entendía la frustración de los manifestantes, ya que sus únicas alternativas eran pelear o marcharse. ¿Quién podía vivir sin agua limpia?

Batchelor estaba casi con certeza implicado, y ella pretendía descubrir como exactamente.

—Todavía no me has dicho por qué los Kimmel abandonaron la protesta esta mañana.

—Una emergencia en casa con su hija. Vive con ellos.

—¿Cuál era la emergencia? —Kat cambió el peso de su cuerpo al pie contrario.

—No lo dijeron. Se marcharon apresuradamente —respondió Ed.

—Fue Ranger quien les trajo el mensaje. No tenemos teléfonos móviles aquí arriba.

Parecía improbable que Ranger hubiera recibido un mensaje de emergencia. Él había estado con ella en la motonieve hasta una hora antes del accidente, y durante ese tiempo no había habido ninguna comunicación por radio. Los manifestantes también tenían comunicación por radio, ¿así que por qué no habían sido notificados en lugar de Ranger? Un mensaje legítimo seguramente les habría sido enviado directamente. Ranger parecía una elección inusual para enviarle un mensaje personal a las personas que le odiaban.

Ranger conocía la razón para el viaje de los Kimmel, y aún así no lo había mencionado en la escena del accidente ni tampoco después. Lo que era más importante, el mensaje que él entregó fue el único motivo por el que la pareja había estado en la pendiente a esa hora. Era una mentira por omisión, y eso le hacía sospechar que estaba implicado de algún modo. La tragedia parecía cada vez menos un accidente.

## 9

E d Lavine había vivido todos sus setenta y cinco años en Paradise Peaks. No podía recordar una avalancha del tamaño y escala como la que describió Kat. O que hubiera tantas avalanchas en un periodo de tiempo tan corto.

—Hemos visto avalanchas más pequeñas en esa pendiente, pero nada como esto—. Él frunció el ceño. —La ruta habitual de Elke y Fritz nunca cruzaba ese risco. Pero con el camino bloqueado y la emergencia de su hija, no tuvieron opción.

Kat se sintió reivindicada. Finalmente alguien estaba de acuerdo en que las circunstancias rodeando las muertes de los Kimmel eran sospechosas. Había merecido la pena detenerse en la barricada después de todo.

—¿Cuándo les dio Ranger el mensaje sobre su hija?

Ed frunció el ceño. —Tal vez a media mañana, en algún momento entre las diez y las once. No miré el reloj—. Colocó una tapa metálica sobre el barril y apagó el fuego restante. —Ahora que lo pienso, puede que él les hubiera llevado a Elke y a Fritz, ya que se dirigía en esa dirección. Pero en vez de llevarles, se marchó de aquí como alma que lleva el diablo.

—Uno esperaría que les llevaran ante una emergencia—. Ranger la había dejado alrededor de las diez de la mañana. Si la memoria de Ed era precisa, Ranger se habría dirigido hacia la barricada casi inmediatamente después de haberla dejado a ella. Probablemente llegó diez minutos o así más tarde. Eso dejaba una ventana de tiempo muy pequeña como para que recibiera y entregara la noticia de la emergencia de los Kimmel.

Le molestaba el hecho de que los Kimmel estuvieran más adelante que ella en el camino. Cierto que ella había recorrido la desviación del lago varias veces, pero eso suponían quizás unos veinte minutos como mucho. La barricada estaba al menos a media hora caminando desde el lugar de la avalancha. De algún modo, los tiempos no parecían estar bien.

—¿Qué tipo de emergencia?

—Un altercado en el bosque, en los límites de la propiedad de los Kimmel. Alguien disparó a Helen, su hija.

—¿Quieres decir a propósito?— ¿Francotiradores además de avalanchas? Paradise Peaks era mucho más peligroso de lo que su nombre implicaba.

Ed asintió. —Ranger pensó al principio que sería un cazador descuidado, pero Helen le dijo que eran dos tipos del otro grupo de manifestantes. Se dirigían a la casa blandiendo armas.

—¿Has hablado con Helen sobre eso?

—No, pero un par de amigos de Elke están con ella ahora. Su propiedad está un poco aislada; hay que acceder a pie. Ranger debe haberlo oído por la radio.

No era de extrañar que los Kimmel tomaran un atajo. También explicaba por qué Elke había blandido su arma. —¿No tenéis radio aquí?

—La mayoría de nosotros sí, pero nadie oyó nada.

Ni los disparos ni la radio. —Pero Ranger oyó ambas cosas. Está claro que hay muchas armas aquí arriba.

—Estamos aislados aquí. No puedes ser demasiado cuidadoso—. Los ojos de Ed se entrecerraron. —Fue una suerte que Helen estuviera armada. Ella disparó en respuesta.

—¿Y aún así no escucharon los disparos?— La barricada, la

propiedad de los Kimmel, y la pendiente estaban en un radio de tres kilómetros cuadrados. Era tranquilo, sin nada más que árboles para difundir los disparos. ¿Por qué no los había oído?

—Tienes razón. Debería haberlos oído. El sonido recorre quilómetros aquí arriba.

—Hay una cosa que sigo sin entender. Vosotros y el otro grupo estáis protestando por el embalse de relave, y aún así sois enemigos. ¿No son ecologistas como vosotros?

Ed negó con la cabeza. —Esa es una palabra de la ciudad.

—¿Eh?

—Lo que tú llamas ecologistas. Proteger el paisaje es algo natural para nosotros. No necesitamos una palabra especial para describirlo. Cuando la gente de la ciudad vino y le puso nombre, sabíamos que tendríamos problemas. Ellos hablan de proteger el medio ambiente mientras conducen sus todoterrenos que queman gasolina y viven sus vidas desechables.

«Nosotros vivimos aquí y ellos no, para empezar. Solo queremos que nos arreglen nuestra agua potable. Ellos afirman que salvan el medio ambiente, pero simplemente nos están usando como una oportunidad de conseguir fotos para donaciones y publicidad. Incluso renombraron algunas cosas. El Bosque del Gran Oso salió directamente de su máquina de marketing. Muy pronto estarán cambiando los mapas también.

Ed levantó la tapa del barril. El fuego estaba completamente extinguido. —Venían mucho por aquí en verano, pero ahora no tanto. Hacen cosas de noche, pero no les vemos.

—¿Como el sendero bloqueado?— El sendero que había detenido a ella y a Ranger temprano por la mañana también había evitado que los Kimmel tomaran su ruta regular de vuelta a casa. Su única opción fue atravesar la pendiente.

Ed asintió. —Las cosas se están saliendo de madre.

—¿Qué le pasó a Helen?

—¿Eh? Oh, nada. Los hombres desaparecieron tan pronto como ella disparó su arma—. Ed sacó sus llaves del bolsillo y se dirigió hacia la furgoneta. Kat no había visto la motonieve en la parte trasera de la furgoneta hasta entonces. —Creo que subiré a ese risco y echaré un vistazo yo mismo.

—¿Puedes hacer fotos?

Pareció sorprendido.

—Podemos hacer que expertos reconstruyan la avalancha y averigüen qué la provocó—. Ella metió la mano en el bolsillo y le tendió una tarjeta de visita. —Haz muchas fotos y envíamelas—. Esto era un golpe de suerte, aunque no estaba completamente segura de haberse ganado la confianza del hombre.

Se giró hacia su furgoneta y abrió la puerta de atrás.

—Espera... ¿cómo llego a la mina?— Grandes y húmedos copos de nieve caían y cubrían sus hombros. Se los sacudió mientras escuchaba a Ed darle direcciones.

—¿Por qué quieres ir allí? Está cerrada —Ed entrecerró los ojos.

—Quiero verla por mí misma, especialmente los embalses de relave—. Como Ed iba a inspeccionar la pendiente y las huellas de motonieve, ella tenía tiempo extra. Incluso con un desvío hacia el yacimiento minero Regal Gold, todavía estaría de vuelta en la cabaña mucho antes de que Jace regresara. La mina estaba bastante cerca, pero no sabía exactamente donde. —¿Cómo llego allí?

—Dirígete en línea recta un par de kilómetros hasta que llegues a la bifurcación de la carretera—. Señaló hacia la carretera en dirección a la cabaña. —En vez de ir a la izquierda hacia la cabaña de Batchelor, toma el camino de la derecha. Me sorprende que no la hayas visto. Está justo al lado de sus tierras. Un pequeño desvío en tu camino de vuelta.

Dennis obviamente no había querido que ella viera la mina. Eso explicaba el viaje en motonieve de una hora de duración con Ranger, cuando ella habría llegado al mismo destino con un paseo de una hora. Era un buen rodeo para evitar que viera la mina. En ese caso, hubiera querido inspeccionarla. Darse cuenta de eso solo aumentó su deseo de explorar el yacimiento. Ahora tenía la oportunidad perfecta de inspeccionar la mina sin que nadie la molestara.

Le dio las gracias a Ed y emprendió el camino. La luz vespertina había bajado hasta ser de un taciturno gris. Los árboles que alineaban la carretera arrojaban ominosas sombras sobre la superficie cubierta de nieve. Se estremeció, preguntándose dónde estarían los otros manifestantes justo entonces.

Diez minutos más tarde, llegó a la bifurcación, confirmada aún más por la valla de la propiedad de Batchelor.

El deseo de Batchelor de construir una carretera estaba casi con toda certeza alimentado por algo más que la buena voluntad. Construir una carretera significaba que pretendía quedarse. ¿Y estaba contento con beber agua embotellada de forma indefinida? Los billonarios no eran exactamente de los que se comprometían, y Batchelor no era diferente. Algo no encajaba.

# 10

Kat caminó fatigosamente carretera arriba mientras la nieve revoloteaba a su alrededor. Los copos cubrían la carretera como merengue sobre una tarta, las copas de los árboles espolvoreadas con una capa de nieve. Estaba rodeada por una tierra invernal mágica. Parecía imposible que esta escena coexistiera con una mina tóxica a solo unos minutos de distancia. La navidad nunca tenía ese aspecto en Vancouver.

La carretera serpenteaba alrededor de la montaña mientras ascendía. Las nubes bajas oscurecían la meseta, limitando su visibilidad mientras la carretera subía la pendiente en espiral. Se detuvo para quitar la nieve húmeda que estaba pegada a la suela de sus botas. Dio golpes con sus pies mientras se daba cuenta de que Ranger no había explicado por qué los manifestantes le echaban la culpa a Batchelor del desastre minero. Elke tampoco había dado muchos detalles. Estaba claro que Batchelor no era considerado responsable simplemente por ser quien era. Tenía que haber más en esa historia, y la propuesta carretera de Batchelor probablemente tenía algo que ver con ello.

Fritz había mencionado la carretera. La insinuación de Ranger de que los Kimmel cultivaban marihuana y les preocupaba que la carretera interfiriera con sus actividades criminales parecía ridícula. Aunque cualquiera podía cultivar marihuana, ella dudaba que la anciana pareja estuviera implicada en temas de drogas. Esos cultivos eran típicamente cosa de jóvenes.

Volvió a concentrarse en la mina mientras llegaba a la bifurcación. Eligió el desvío de la derecha como le había indicado Ed. El camino corría paralelo a un canal. Probablemente Prospector's Creek, la fuente del agua potable del lugar y el desafortunado receptor de la contaminación por la ruptura de los embalses de relave.

Prospector's Creek era más bien un río que un arroyo. Como todo lo demás en esa abrupta región, tenía un tamaño descomunal. El arroyo era demasiado grande como para congelarse. Incluso en invierno seguía corriendo rápido, infranqueable hasta para los más decididos intrusos.

Una valla bordeaba el arroyo en la orilla contraria. Apenas era necesaria, ya que el mismo arroyo formaba una frontera natural. Notó que era la valla de Batchelor. Continuó colina arriba a lo largo de la orilla del arroyo, pero no vio señales de la mina. La densa hojarasca de los árboles proporcionaba refugio, y el suelo nevado cubría tierra y raíces. No había posibilidades de una avalancha allí.

La oscuridad del bosque hacía que fuera despacio. La maravilla invernal de hacía unos momentos había mutado a una escena fantasmagórica directamente salida de un cuento de los Hermanos Grimm. Se imaginó ojos que la miraban sin ser vistos, aunque eso era ridículo. Simplemente no estaba acostumbrada a tal calma y soledad al apreciar la belleza natural que la rodeaba. Un estado bastante triste de su mundo multitarea y siempre conectado. Había hecho falta un desastre medioambiental para que ella siquiera pensara dos veces en ello.

Siguió caminando por otros treinta minutos, y estaba a punto de volver cuando la vio. Otra valla corría perpendicular al río, atravesándolo. Un pequeño y descolorido letrero de "no pasar" clavado a la valla indicaba la frontera más baja de la propiedad de la mina.

Kat trepó sobre la valla y siguió el arroyo. Unos minutos más tarde salió del bosque a una expansión abierta de tierra. A unos veinte metros o así se elevaba un decrépito edificio de madera y, junto a él, había un aparcamiento. Un desvencijado modelo antiguo de una furgoneta blanca Ford F150 estaba aparcado allí. Examinó el lugar y vio la entrada a la mina en el extremo más alejado de la propiedad. Un letrero desteñido encima de la entrada del edificio decía *Minas Regal Gold*. Huellas frescas de neumáticos en la nieve indicaban la reciente llegada de la furgoneta.

Aparte del F150, el yacimiento minero parecía desprovisto de actividad. Confirmaba la afirmación de Fritz de que la mina había cerrado. La furgoneta probablemente pertenecía a un guardia de seguridad.

Bajo la tenue luz era imposible ver a nadie dentro de la cabina de la furgoneta, así que permaneció en el bosque y buscó señales de vida. Una vez estuvo segura de que no había nadie cerca, se acercó poco a poco a la parte trasera del edificio, oculta a la vista desde el aparcamiento.

Observó el aparcamiento durante varios minutos antes de acercarse al edificio, ansiosa por echarle un vistazo más de cerca. El embalse de relave debía estar por allí cerca. Se dirigió con esfuerzo hacia el edificio justo cuando un segundo vehículo llegó al aparcamiento. Se agachó detrás del edificio.

La puerta del segundo vehículo se abrió y se cerró con un portazo. Era imposible ver nada desde su escondite detrás del edificio, así que tendría que confiar en su oído. Pasos crujieron sobre la nieve mientras se acercaban.

—Hemos resuelto el problema.

Kat contuvo el aliento cuando reconoció la voz de Ranger.

—Al parecer lo hiciste más bien obvio —contestó el hombre sin identificar. —Todos están hablando.

¿Quiénes eran ellos? ¿Era la avalancha el "problema"? Ella no era consciente de nada más con lo que los lugareños tuvieran un problema. Se acercó poco a poco y miró por la esquina del edificio para identificar al segundo hombre, pero solo vio su espalda mientras desaparecía dentro del edificio. ¿Había estado dentro de la furgoneta aparcada? ¿La habría visto? Probablemente no, o se lo habría mencionado a Ranger.

El edificio parecía ser un taller o cobertizo grande, probablemente donde se almacenaba y mantenía el equipo de minería. O bien era un edificio secundario o toda la prospección era bastante pequeña. Había esperado algo más sustancial.

El fugaz vistazo a la espalda del extraño no había sido suficiente como para calibrar su altura, ya que la gran puerta medía al menos cinco metros de altura. Su abultado chaquetón hacía difícil adivinar su tamaño. En resumen, no podía identificarle sin echar un mejor vistazo. Presumiblemente Ranger ya estaba dentro, puesto que no le veía por ninguna parte.

Maldición.

No podía oír ni una palabra fuera del edificio. Debatió colarse dentro o al menos acercarse más para escuchar su conversación. No. Eso sería demasiado arriesgado. Y de todos modos, ¿qué estaba haciendo ella allí? Y lo que era más importante aún, ¿qué estaba Ranger haciendo allí?

Por otro lado, lo que fuera que estuvieran discutiendo no era asunto suyo.

A menos que lo fuera.

Fritz y Elke habían expresado preocupación sobre la mina justo antes de sus prematuras muertes, culpándola por su agua potable contaminada.

Batchelor había mencionado una tubería rota como la razón para el agua embotellada de la cabaña. Con seguridad la cabaña de Batchelor se abastecía de agua de la misma fuente contaminada que el agua de los Kimmel. Si era así, Batchelor había mentido. Mentir sobre por qué el agua era no potable apenas le convertía en responsable de ello, sin embargo. Era comprensible que no quisiera decirle a sus invitados que el agua local era tóxica. La imagen no era buena para un famoso ecologista e invitaba a realizar todo tipo de preguntas. Preguntas que preferiría evitar a toda costa.

Se acercó poco a poco, abrazando un lateral del edificio. Permaneció escondida, pero podía ver el aparcamiento. Vería la espalda de los hombres cuando salieran. Eso siempre y cuando los hombres volvieran a sus vehículos aparcados en el lado opuesto del aparcamiento.

Suponiendo que la mina fuera el problema, ¿por qué habían dirigido su rabia los Kimmel contra Batchelor además de contra Regal Gold? ¿Sabían algo que a ella se le escapaba?

Kat dio un salto cuando sonaron los disparos. Procedían de algún lugar hacia el oeste, hacia el lado opuesto de la propiedad. Su corazón se aceleró. Nunca debió haber ido allí.

Se escabulló detrás del edificio y contuvo el aliento, esperando que los hombres salieran corriendo del edificio en cualquier momento.

No lo hicieron. O bien los disparos eran algo común o los habían esperado. Probablemente había cazadores cerca, y la falta de preocupación de Ranger y su acompañante corroboraban esa teoría. De todos modos, ella no tenía por qué estar allí y probablemente debería marcharse ahora que podía.

Se giró para marcharse justo cuando las voces de los hombres se hicieron más fuertes. Permaneció en su escondite y respiró hondo.

La puerta se abrió de golpe y golpeó contra el lateral. Sus pasos crujían sobre la nieve mientras atravesaban el aparcamiento. Discutían sobre algo, pero estaban demasiado lejos como para ser audibles. Se acercó más de puntillas, con cuidado de no hacer ruido. Solo un fragmento de la conversación podría ayudarla a averiguar qué estaban haciendo.

Sus voces se elevaron.

—Hacerles callar es temporal, Burt. Tienes que arreglar el problema de una vez por todas. Si el Jefe se entera de esto, querrá mi cabeza—. Ranger se dirigió furioso hacia su Land Cruiser.

"¿Hacer callar a quién? ¿A Ed y a los demás manifestantes?" Lo que necesitaba ser arreglado era un misterio.

Ranger abrió la puerta de su todoterreno y luego volvió a girarse hacia el extraño llamado Burt. —Arregla la maldita agua o tú serás el siguiente.

En realidad se trataba del agua. ¿Tenía algo que ver el misterioso

Burt con el fallecimiento de los Kimmel? Si Burt era el siguiente como implicaba Ranger, ¿quién fue el primero? ¿Los Kimmel?

—Veré qué puedo hacer—. El hombre llamado Burt fue finalmente visible.

Tenía unos cuarenta y tantos años, bajo pero pesado, con una complexión rubicunda y una desaliñada barba roja. Su cabeza estaba cubierta con un gorro. Sostenía un cigarrillo en una mano y una pistola en la otra. ¿Qué pasaba con esta gente y las armas de fuego?

Era el mismo hombre que había discutido con Ranger antes.

Ambos hombres se marcharon finalmente. Kat se quedó allí otros diez minutos después de que el sonido de sus vehículos se desvaneciera hasta quedar en silencio. Una vez satisfecha de que no había nadie alrededor, se aventuró a salir de su escondite.

La mina estaba obviamente abandonada. Maleza, ahora muerta por la escarcha, había crecido entre los equipos. Suponiendo que la maleza hubiera crecido durante el verano, su presencia indicaba muchos meses de inactividad. Ella podía validar los datos más tarde en la cabaña. Por el momento se concentró en explorar la propiedad. Podría ser su única oportunidad de estar sola y sin interrupciones.

La puerta del garaje estaba asegurada por un cerrojo, pero el candado estaba abierto. Lo quitó y empujó la puerta para abrirla. Entró en el edificio para ver óxido cubriendo las herramientas y poco más. Le sorprendía que la mina hubiera estado operativa hasta recientemente, ya que los equipos parecían pertenecer a una era olvidada: viejos, decrépitos, y oxidados.

Aún así Minas Regal Gold había operado justo hasta que el embalse de relave se rompió hacía un par de años. No le sorprendía que una compañía que contaminaba el agua potable y se negaba a limpiarla gastara mucho dinero en herramientas decentes. Cualquier dinero ahorrado en gastos importantes iban directamente a la cuenta de beneficios de la compañía.

Nada que ver allí.

Se giró para marcharse y se detuvo bruscamente. Docenas de cajas de madera estaban apiladas en palés contra la pared junto a la puerta de entrada. Había pasado junto a ellas sin siquiera verlas.

Las cajas parecían una adición reciente, ya que estaban libres de polvo y suciedad. Se acercó más. Letras rojas sobre las cajas decían "Explosivos Powershot, proporcionando suministros de calidad para minas, canteras, y obras de construcción desde 1959".

Dinamita.

Aunque la dinamita se usaba en operaciones mineras, esta mina había suspendido toda actividad hacía años. Aún así el empaquetado parecía nuevo. Las cajas mostraban el peso y la fecha de fabricación. La mayoría de las fechas eran de hacía menos de un año; extraño para una mina difunta con herramientas oxidadas y abandonadas. O bien el cobertizo se usaba como almacenaje, o alguien tenía nuevos planes para la mina. De algún modo dudaba de lo último. Seguramente dinamita y otras provisiones estarían entre las últimas cosas que comprar antes de volver a reabrir la decrépita mina.

Como no había escasez de almacenes en una zona rural como esta, alguien había escondido intencionalmente su alijo allí. Aislado o no, almacenar cientos de kilos de dinamita en un edificio sin cerrarlo con llave parecía directamente negligente. Una cerilla o un cigarrillo desechados de forma descuidada podrían volar el lugar en cuestión de minutos. Niños, adolescentes, cualquiera podría entrar en el edificio abierto. Se estremeció ante la idea mientras hacía unas fotos con su cámara.

Kat salió del edificio y caminó hasta el borde del aparcamiento en busca del embalse de relave. Pronto vio la fuente del problema. Teniendo en cuenta el nombre, se había esperado que el embalse de relave fuera un embalse de verdad. Para ser más acertados, era más bien un lago pequeño, de al menos un kilómetro de diámetro. Una alta orilla artificial rodeaba el agua, pero una gran sección se había derrumbado. No era difícil ver por qué, teniendo en cuenta el alto nivel del agua y el puro volumen de agua que amenazaba con derribar lo que quedaba del muro.

La propiedad de los Kimmel estaba localizada directamente debajo del yacimiento minero y sufriría un golpe directo si se derrumbara todo. Prospector's Creek se desbordaría fácilmente con ese volumen de agua de una vez. La propiedad de Batchelor también estaba en riesgo, pero en menor medida.

Los embalses de relave contenían los residuos contaminados del proceso de extracción minero. Entre otras cosas, incluía los productos químicos usados y los minerales que quedaban después de que hubieran extraído el oro y el cobre. Adecuadamente diseñado, el embalse habría contenido los residuos durante años, más allá de la vida útil de la mina, a menos que estuviera físicamente comprometido. Este había fracasado rotundamente.

Se habrían necesitado años de operación para que los relaves llegaran al nivel actual. Eso le daba a la dirección mucho tiempo para aumentar el tamaño o construir otro embalse de relave antes de que el actual llegara al tope de su capacidad. Aún así, decidieron mantener los costes bajos y maximizar los beneficios en vez de solucionar el problema. Si hubieran tratado el asunto del nivel del agua en el embalse, el desastre ecológico delante de ella se habría evitado completamente.

Una corriente de agua medio congelada corría sobre la fracturada pared de contención del embalse, formando una oscura y sinuosa cicatriz que fluía directamente dentro de Prospector's Creek. Caminó hacia ella para mirarla más de cerca. Montones de peces medio podridos estaban apilados en la orilla del arroyo, conservados en su estado congelado. Le dieron arcadas y se dio la vuelta.

Incluso con costosos procesos de descontaminación, se tardaría años antes de que el agua volviera a ser potable. Pero la limpieza ni siquiera había empezado. ¿Había alguna otra razón por la que no había sido tratado el tema? ¿Frustrar a la gente lo suficiente como para que vendieran sus propiedades y se marcharan? Cualquiera que fuera la razón, era muchísimo tiempo sin agua potable.

Parecía una lucha hecha a medida para el maduro ecologista. Estaba cerca de su casa, implicaba agua y al medio ambiente en una naturaleza inmaculada. ¿Por qué no había hecho saltar la alarma Batchelor? En cualquier caso, él debería haber estado aliado con los Kimmel. Aún así, se había posicionado contra ellos. No tenía sentido.

Kat sacó su cámara e hizo fotos para mostrárselas a Jace.

—Espera—. La voz del hombre era suave pero firme. Ramitas crujieron bajo sus pisadas cuando salió de entre los arbustos. —Suelta esa cosa. No puedes hacer fotos aquí.

Kat se giró en redondo para ver a un hombre anciano, sus claros ojos azules clavados en ella. Al igual que la mira de su arma.

Llevaba una gorra de béisbol descolorida con un emblema de un trébol de cuatro hojas delante. Una chaqueta de esquí azul muy anticuada colgaba suelta sobre su desgarbado cuerpo, las mangas rasgadas varios centímetros demasiado cortas para sus brazos. Era viejo. Al menos tenía setenta años. Su brazo temblaba mientras apuntaba con el cañón de su rifle directamente en dirección a Kat. El más ligero movimiento podría disparar el arma.

Ella levantó las manos despacio. —No dispare. Solo soy una turista, echando un vistazo por aquí—. Su corazón iba como loco. Aparte de Ed, quien básicamente era un extraño, nadie sabía siquiera que ella estaba allí.

—No, no lo eres. No tenemos turistas por estos lugares. ¿Quién eres en realidad?

Kat le dio su nombre. —Me alojo en la cabaña de Dennis Batchelor—. ¿De dónde había salido el hombre? Los únicos vehículos en el claro habían sido los de Ranger y Burt, y ambos se habían marchado. Estaba sola con el hombre que la apuntaba con un arma.

—¿Eso es así?— Él la miraba con recelo.

Kat le devolvió la mirada. No era asunto suyo. Si ella se mantuviera firme, seguramente la dejaría ir. ¿Qué razones tenía para no hacerlo?

No hizo ningún ademán de bajar el arma y sus ojos siguieron clavados en los de ella, desafiándose mutuamente.

Kat se volvió impaciente. La gente por allí no era muy acogedora. —Sí, es así. Llámele y él lo confirmará. ¿Puede bajar esa cosa, por favor?

—Si borras las fotos que has hecho, quizás lo considere.

—¿Por qué iba a hacerlo? Solo son fotos del paisaje—. No era totalmente cierto, ya que había tomado algunas fotografías del interior del edificio. —No estoy haciendo nada ilegal.

Él pareció un poco inseguro y bajó el arma. −−Digamos que te concedo el beneficio de la duda, ¿Qué estás haciendo aquí en realidad?

−−Solo he salido a hacer un poco de senderismo. Oí que había una antigua mina de oro aquí arriba, así que vine a verla. Es muy interesante. Me encantan las cosas antiguas.

Los hombros del hombre parecieron relajarse un poco. −−Bien, más te vale seguir con tu camino. Soy el vigilante de la propiedad y no se le permite el paso a nadie. Lo que haces es allanamiento.

−−Qué extraño, porque yo no era la única que estaba aquí. Dos hombres acaban de marcharse. Estaban en ese edificio de allí−−. Kat señaló al edificio. El hombre parecía demasiado mayor como para presentar mucha pelea. Pero claro, tenía un arma. ¿Dónde había estado cuando Ranger y el otro hombre estuvieron allí?

−−¿Oh?−− Su expresión era inescrutable.

−−Ranger y otro hombre al que no reconocí−−. Ella observó su reacción.

−−¿Ranger? −−el rostro del hombre se oscureció. −−No tiene derecho a estar aquí arriba. Más me vale tener una charla con Batchelor sobre eso. Quiero mantener las cosas tranquilas mañana.

−−¿Qué pasa mañana?

−−Los manifestantes van a hacer una sentada aquí en la mina.

Ed no lo había mencionado. ¿Seguirían adelante con los planes sin Elke y Fritz? −−¿Y les va a permitir hacerlo?

Las comisuras de la boca del hombre se curvaron formando una ligera sonrisa. O una mueca. No podía estar segura.

Solo porque el guardia de seguridad patrullara la propiedad no quería decir que compartiera la opinión de la compañía. Era difícil conseguir un trabajo en un pueblo pequeño. De repente se le ocurrió que él era probablemente otro de los manifestantes. Era bastante claro qué partido tomar cuando implicaba tu propia agua potable.

¿Sabía lo del accidente de los Kimmel de esa mañana? Debatió sobre si debía preguntarle, pero decidió no hacerlo. Por supuesto que les conocía. Todo el mundo se conocía allí arriba. Si él todavía no había oído nada sobre el accidente, ella no era la persona adecuada para decírselo. Él lo sabría pronto.

—¿Me hace un favor? —preguntó Kat. —No mencione que me vio aquí arriba. La gente se siente un poco sensible acerca de este lugar.

—Dímelo a mí —dijo el hombre.

—No he pillado su nombre –dijo Kat. Quizás él pudiera proporcionarle algo de información sobre la disputa del agua.

—Correcto, no lo has pillado—. Ladeó la cabeza en dirección al sendero. —Ahora más vale que te vayas si quieres conservar tus fotos. Antes de que cambie de idea.

Kat no necesitó que se lo dijera dos veces. Ya había visto suficientes armas ese día.

# 11

Kat caminó tan rápido como se atrevió sin correr. Le quemaba un objetivo en la espalda mientras se retiraba, aunque probablemente se lo estaba imaginando. Se dirigió directamente hacia el sendero y la segura protección del bosque. Dudaba que el guardia de seguridad con el arma fuera a disparar en realidad, pero ella no iba a comprobar su suerte. Ya lo había hecho una vez ese mismo día.

Soltó un suspiro de alivio una vez que llegó al borde del claro. Probablemente no le habría disparado, ya que los disparos atraerían atención no deseada. Por otro lado, las armas eran tan habituales allí que nadie les prestaba atención.

Para complicar las cosas, nadie más aparte de Ed sabía que ella estaba en la mina. Sin testigos, el guardia podría haberse ido de rositas con un asesinato. Ese era obviamente el peor de los casos, pero ella había allanado la propiedad y le había dado motivos para disparar su arma. ¿Habría disparado él los disparos sin explicar de unos momentos antes? Y lo que era más crítico, ¿habían encontrado las balas su objetivo?

A unos quince metros siguiendo el camino, los arbustos se

cerraron a su alrededor. Miró hacia atrás y se sintió aliviada al no ver más el aparcamiento. El guardia tampoco podría verla. Comenzó una especie de trote, viajando tan rápido como las resbaladizas raíces y ramas bajo sus pies se lo permitían. Atravesó los arbustos, ansiosa por poner tanta distancia como fuera posible entre ella y el guardia de seguridad.

Si es que era eso en realidad.

Él no se había identificado como tal; ella simplemente lo había supuesto porque vigilaba la mina. No llevaba uniforme. Aunque era posible que los guardias de seguridad en lugares aislados vistieran de forma informal, los guardias de cualquier lugar normalmente llevaban una insignia identificativa, incluso algo tan insignificante como una gorra de béisbol con el logo de la compañía. Los guardias de seguridad ciertamente no llevaban ropa que les quedaba mal. Y normalmente tenían menos de setenta años.

Nada de eso importaba ahora que estaba a salvo y lejos de la mina. En menos de una hora estaría de vuelta en la cabaña. Eso era bueno, porque se aproximaba el anochecer. El bosque estaba fantasmagóricamente silencioso y era difícil ver el camino en algunos lugares. Se le había olvidado lo rápidamente que caía la noche en invierno.

Varios minutos más tarde, salió a otro camino que formaba un ángulo de noventa grados desde el camino en el que estaba. Basándose en la dirección, parecía una ruta más directa de vuelta a la cabaña. Sopesó si debía elegir la ruta más larga y certera, o arriesgarse con el atajo.

Al final eligió el atajo. La nieve caía con más fuerza ahora que la temperatura había bajado. Ya estaba más oscuro que hacía unos momentos, con probablemente solo otros quince minutos de luz diurna restantes. La luz que quedaba no penetraba el dosel formado por los árboles y tenía dificultad para ver más allá de unos metros delante de ella. Correr ya no era una opción; incluso un paso apresurado era difícil. Tenía sentido encontrar la ruta más rápida hacia la carretera puesto que no estaba familiarizada con la zona. El segundo camino casi con certeza llevaba hacia allí, teniendo en cuenta la dirección. Siempre podía dar la vuelta y volver al camino original una vez que cruzara la carretera.

A pesar de la densa vegetación, varios centímetros de nieve ya se habían acumulado en el camino. Caminaba rápidamente, el silencio roto solo por la nieve fresca que crujía bajo sus pisadas. En otro momento habría disfrutado de la tranquilidad, pero en ese instante daba miedo.

En menos de diez minutos vio un claro. El atajo había sido un movimiento inteligente y había acortado su camino hacia la carretera considerablemente. Recorrió el camino hacia la carretera, aliviada. Aunque la carretera había acumulado varios centímetros más de nieve que el camino, era mucho más fácil caminar sobre una carretera asfaltada en vez de por un camino inestable de rocas y raíces enredadas.

Llevaba en la carretera menos de un minuto cuando se detuvo bruscamente.

Detenidos a unos cincuenta metros delante de ella estaban Ranger y Burt, el hombre que había estado con Ranger en la mina. Estaban transfiriendo cajas desde la parte de atrás del Land Cruiser de Ranger al F150 de Burt.

Ella se escabulló detrás de un arbusto, temerosa de que la hubieran visto.

No necesitaba haberse preocupado porque los hombres continuaron con su tarea, ignorantes de su presencia. Se acercó poco a poco, preparada para agacharse y ocultarse en un segundo.

Se quedó sin aliento cuando se dio cuenta de que eran las cajas de explosivos del edificio de la mina. Los explosivos eran buenos para una cosa y solo una cosa: para volar cosas. Burt debía haber cargado su furgoneta en el aparcamiento de la mina justo antes de su llegada. Se estremeció cuando se dio cuenta de lo cerca que había estado de que la descubrieran.

El guardia de seguridad había expresado sorpresa por la presencia de Ranger y Burt en la mina, pero podía haber mentido.

Después de todo, él la había visto bastante fácilmente. ¿Pero por qué le mentiría a ella, a una extraña de fuera del pueblo?

¿Estaba el guardia de seguridad metido en el ajo? Explicaba su rapidez para apuntarle con un arma. Por otro lado, su disgusto ante la mención del nombre de Ranger indicaba lo contrario.

Se agachó en el bosque, a menos de diez metros del recodo de la carretera donde los hombres estaban discutiendo. La nieve le daba al entorno una cualidad amortiguada. Se sentía agradecida por el silencio y la falta de tráfico. Sus voces llegaban más lejos en el silencio. Si se acercaba más, la verían.

—Esta es tu última oportunidad—. Ranger levantó las dos últimas cajas de su furgoneta y se las tendió al otro hombre. —Más te vale conseguirlo esta vez.

El hombre gruñó. Cogió las cajas y las colocó en la parte de atrás de su furgoneta.

—Lo digo en serio, Burt. Esta vez, llega a tiempo y asegúrate de que nadie esté cerca. No podemos recibir atención no deseada. Ser así de chapuceros hará que sea incómodo para todo el mundo.

¿Incómodo cómo? ¿Fingiendo que la avalancha había sido un accidente cuando fue provocado a propósito? Kat sacó su móvil y sacó una foto de Ranger y Burt transfiriendo las cajas.

—Sí, lo sé. No sabía que ella estaba allí—. Burt se limpió las manos en la chaqueta y subió a su furgoneta. Bajó la ventanilla y se inclinó hacia fuera. —Mañana. Te llamaré cuando esté hecho.

Una lástima que se hubiera perdido el principio de la conversación.

—Reúnete conmigo aquí al mediodía.

—Vale, pero siempre y cuando no haya retrasos o complicaciones imprevistas.

—Maldita sea, Burt. Asegúrate de que no haya complicaciones. Hazlo bien esta vez, sin excusas. No puedo seguir protegiéndote, así que haz que suceda—. Ranger se giró y volvió a su vehículo.

La furgoneta de Burt arrancó repentinamente y se dirigió hacia ella. Kat se lanzó tras el arbusto para evitar ser detectada.

El Land Cruiser de Ranger le siguió menos de un minuto más tarde.

Esperó hasta que ambos vehículos hubieron desaparecido por la curva de la carretera. Una vez estuvo segura de que se habían ido, salió de su escondite. Mientras volvía a subir a la carretera, lo comprendió. La referencia que había hecho Ranger de un testigo debía haber sido por ella. Ella había presenciado la avalancha esa mañana.

Todo ese tiempo había estado obsesionada con las huellas de la motonieve, pero por las razones equivocadas. La motonieve fue definitivamente un factor, pero ahora sospechaba que había sido usada para transportar la dinamita y a quien quiera que hubiera hecho detonar la carga. La explosión que había puesto la nieve en movimiento había sido provocada por el hombre. ¿Había sido Burt? Quizás él y Ranger se habían reunido antes del accidente. Eso podría explicar por qué Ranger había llegado tarde a reunirse con ella.

Grandes y húmedos copos de nieve revoloteaban alrededor de ella mientras aceleraba el paso. Su diminuta lámpara de cabeza iluminaba solo un par de metros delante de ella, limitando severamente su progreso. Apenas podía ver. La tormenta se había materializado de la nada en cuestión de minutos.

Se estremeció y se dio cuenta de que llegaba tarde. Jace debía haber terminado su sesión con Dennis ya. Habría vuelto a la cabaña y la habría encontrado vacía. Con la caída de la noche, estaría extremadamente preocupado por su paradero. Sin cobertura en el móvil, no tenía modo de contactar con él.

La tormenta se había intensificado hasta formar una ventisca. Ya podía olvidarse de examinar la pendiente al día siguiente. Solo esperaba que Ed hubiera mantenido su promesa y hubiera hecho fotos de las huellas de la motonieve antes de que las pruebas fueran borradas para siempre. Ya estaba oscuro como boca de lobo, y estaba cansada y helada. Se sacudió los copos de nieve que se pegaban a sus pestañas y mejillas expuestas.

Sus pensamientos volvieron a la avalancha. Los comentarios de Ranger confirmaban su implicación. Y luego estaba lo de la dinamita.

Cualesquiera que fueran los planes que tenían los dos hombres, tenían que ser detenidos. No había mucho tiempo si su plan iba a tener lugar antes del mediodía del día siguiente. Desgraciadamente ella no tenía ni idea de dónde ocurriría, solo que planeaban volar algo en algún momento antes del mediodía.

El tiempo era esencial si quería detenerles.

Ranger y Burt probablemente atacarían la sentada planeada por los manifestantes en el lugar de la mina. Era obvio al pensarlo en retrospectiva, ya que la mayoría o todos los manifestantes estarían allí reunidos. Los hombres podían preparar una trampa fácilmente en un lugar tan recluido.

Excepto que Ranger y Burt no habían llevado explosivos a la mina; se los habían llevado de allí. Eso implicaba que su sabotaje ocurriría en otro lugar. Como la mina ya llevaba inactiva varios años, los manifestantes no ganaban nada si la volaban. De hecho, se arriesgaban a otra ruptura del embalse de relave. Simplemente no tenían motivos para dañar más el lugar que había provocado tantos problemas para empezar.

Aún así no le cabía ninguna duda de que los manifestantes eran casi con seguridad el objetivo del sabotaje preparado para el día siguiente. Cualquier investigación apuntaría directamente a sus detractores, incluido Ranger. A diferencia de la avalancha, no podía ser disfrazado como un accidente. A menos, por supuesto, que Ranger y Burt lo prepararan así.

Si no era en el yacimiento minero, ¿entonces dónde? ¿En la barricada de los manifestantes? Tenían que reunirse en algún lugar antes de la sentada, y la barricada era el lugar lógico. Pero la barricada era simplemente un lugar en la carretera. Aparte de volar la única carretera que llevaba a la propiedad de Batchelor, los explosivos serían fáciles de ver.

Volvió a concentrarse en la mina, ya que seguía siendo el lugar más lógico para atacarles. Estaba garantizado que los manifestantes estuvieran allí en algún momento, y el aislado lugar hacía que fuera fácil preparar una emboscada. Serían presa fácil; sin embargo, el sabotaje también sería obvio. Había formas más fáciles de librarse de los cargos por asesinato.

A menos que los hombres hicieran que pareciera que los manifestantes lo habían hecho ellos mismos.

La muerte de los Kimmel había sido preparada para que pareciera una avalancha. Un accidente. El segundo ataque sería planeado y preparado de forma similar.

La respuesta le llegó como un destello. Burt y Ranger debían haberse llevado los explosivos para incriminar a los manifestantes. Simplemente tenían que plantar las pruebas en las casas de uno o más de los manifestantes. Un alijo de explosivos implicaba que habían orquestado la explosión de la mina. Era difícil discutir contra las pruebas físicas.

Si Ranger y Burt detonaran explosivos cerca de la sentada de los manifestantes, parecería que los manifestantes lo habían hecho. Un terrible accidente durante el cual ellos mismos volaron por los aires inadvertidamente en el proceso de destruir la mina. Aunque era rebuscado, ciertamente parecía plausible.

Estaba tan absorta en sus pensamientos que no vio la valla y la línea de la propiedad de Batchelor hasta que la tuvo a unos metros. Suspiró de alivio. Finalmente podía escapar del frío. Aligeró el paso y siguió la línea de la valla hasta el camino de entrada.

La oscuridad que le había estorbado, ahora era una ventaja. Kat atravesó el terreno por debajo de la elevación para evitar ser detectada. Atravesó trabajosamente el camino de entrada, ahora cubierto con un grueso manto de nieve. Recorrió la colina diagonalmente y sonrió cuando la cabaña fue visible. Las luces exteriores arrojaban un cálido fulgor sobre los edificios y los terrenos, reflejándose en la nieve.

Se sorprendió de ver un helicóptero aparcado en la esquina más apartada del asfalto. Se dio cuenta al pensarlo que la zona cuadrada del aparcamiento que estaba separada era en realidad un helipuerto. Sería difícil hacer volar un helicóptero teniendo en cuenta el clima tormentoso.

Batchelor obviamente tenía invitados adicionales. Extraño que no hubiera mencionado nada, y la remota localización de la cabaña hacía difícil que nadie hiciera una visita improvisada. Teniendo en cuenta el clima, debían haber llegado horas antes, justo después de su partida.

Se apresuró a llegar a su cabaña, ansiosa por informar a Jace de sus descubrimientos y averiguar más sobre los invitados inesperados. Como había descubierto recientemente, no todos ellos eran buenos.

## 12

K at se quitó los guantes y buscó la llave en su bolsillo. A pesar de los guantes, sus dedos estaban insensibles por el frío y tuvo que esforzarse para meter la llave en la cerradura. Finalmente abrió la puerta. Se sacudió los pies para eliminar la nieve de la suela de sus botas.

En todo lo que podía pensar era en darse un baño caliente y dormir. Sintió una oleada de aire cálido cuando abrió la puerta. ––¿Jace?

––¿Dónde has estado? ––Jace daba vueltas por la estancia, su rostro rojo de rabia. ––Estaba a punto de pedir ayuda.

Pues vaya una cálida bienvenida, aunque no podía culparle por estar enfadado. ¿Por qué no le habría dejado una nota? ––Lo siento. Solo había planeado salir a dar un corto paseo. Supongo que me dejé llevar.

––No puedes marcharte sola así, Kat. No tenía siquiera idea de donde buscarte. He estado muy preocupado––. Jace siguió paseándose por delante de la ventana. La nieve se había intensificado hasta el punto de que el cañón estaba completamente oscurecido.

––Estaba segura de que volvería antes que tú––. Ella no quería pasarse el poco tiempo que tenían para estar juntos discutiendo. Casi lamentaba haber ido a ese viaje. Apenas se veían, y cuando lo hacían se peleaban. ––Además, no tenía forma de llamarte.

––Esa no es la cuestión. ¿Y si te hubieras perdido o te hubieras hecho daño? Nadie sabría dónde buscarte.

Kat sintió una punzada de rabia hasta que recordó su enfrentamiento con el guardia de seguridad armado. La situación podía haber empeorado fácilmente. ––Tienes razón. No debería haberme marchado sin decírtelo. Simplemente no quería que Ranger viniera conmigo. No quiero que él planee todos mis movimientos––. Kat le rodeó la cintura con sus brazos. ––Ese hombre me da escalofríos.

Jace se retiró. ––Tampoco es exactamente mi favorito, pero al menos estás a salvo con él. Es peligroso estar ahí fuera con lo de la avalancha y todo eso.

––No estoy tan segura de eso––. Basándose en su descubrimiento, exactamente lo contrario era cierto. ––Ranger no es quien crees que es. Él es peligroso, no los manifestantes. Ahora entiendo por qué les desagrada a los manifestantes.

Ella sacó su cámara y fue pasando las fotografías. Las fotos tomadas en la mina eran oscuras y estaban subexpuestas, pero era patentemente obvio que la mina estaba decrépita y descuidada. Fue pasando las fotografías hasta que llegó a la que había tomado de Ranger y Burt en la carretera. Estaba enmarcada perfectamente, con Ranger pasándole una caja a Burt. Incluso las letras en la caja eran legibles.

––Mira esto––. Le tendió la cámara a Jace. ––Esas cajas contienen dinamita.

––¿Por qué necesitan explosivos? ––Jace entrecerró los ojos mientras levantaba la cámara a la luz.

––Obviamente para explotar cosas. La dinamita tiene muchos usos. Incluso provoca avalanchas.

Él sacudió la cabeza. ––Las minas usan explosivos. No hay nada siniestro en eso.

––Jace, la mina ha estado cerrada durante años––. Le dio un golpecito al cristal de la cámara. ––Estas cajas son nuevas.

––No creerás que Ranger...

—No sé qué pensar—. Ella describió su encuentro con Ed en la barricada y los fragmentos de conversación que había escuchado a escondidas. —Es Ranger de quien deberíamos tener miedo. Y posiblemente Dennis. Estoy segura de que está implicado de algún modo—. Le relató los planes de sabotaje de Ranger y Burt para el día siguiente.

—No me importan ninguno de los dos, pero eso simplemente parece imposible. ¿Estás segura de que lo has oído bien?

Ella asintió. —Lo que sea que estén planeando sucederá mañana por la mañana. Simplemente todavía no sé qué es. Ya se han librado de los Kimmel. Ahora pueden silenciar permanentemente a Ed y al resto de manifestantes. Tenemos que detenerles.

—Es una locura. No pueden ir por ahí haciendo volar por los aires a la gente, saliendo indemnes por ello.

—A menos que parezca otro accidente. Como la avalancha.

Jace sacudió la cabeza. —¿Pero por qué? ¿Qué les va en ello?

—Todavía no lo sé, pero debe de haber algo. De una cosa estoy segura: si parece suficientemente realista, ni siquiera será investigado. El caso de los Kimmel es un buen ejemplo. La policía ni siquiera asistió. Los equipos de rescate les dijeron que fue un accidente y cerraron el caso. O más bien nunca fue abierto para empezar—. Ciertas personas locales tenían mucho poder, tanto abierta como solapadamente.

Se sentó sobre la cama y encendió su ordenador. —Necesito investigar todo lo que pueda sobre esta zona. Tiene algo que ver con la tierra. Al parecer Batchelor quería construir una nueva carretera que costaba millones. Nadie construye una carretera cuando ya existe una en perfectas condiciones. La carretera actual funciona bien para acceder a la cabaña, así que ¿por qué cambiar nada?

—A menos que la carretera no sea lo bastante buena para usos futuros.

—Exacto. La carretera existente está bien. Durará años y apenas se usa. ¿Necesitan la nueva carretera para más gente, más negocios, o ambas cosas? Quizás Batchelor también quiere más tierras. Si ahuyenta a todo el mundo, puede comprar las tierras a un precio barato.

—No ha dicho nada sobre una nueva construcción. Por otro lado, tampoco mencionó nunca que la propuesta para la carretera hubiera sido denegada. ¿Estás acusándole de sabotaje?

Kat asintió. —Nunca consiguió lo que quería siguiendo los canales adecuados. Su solicitud fue rechazada. Ha recurrido a algo menos deseable para salirse con la suya. Si puedo demostrarlo, quizás pueda evitar otra catástrofe.

—Si es que es eso. ¿Por qué no le preguntas a Dennis directamente?

Kat frunció el ceño. —¿Por qué iba a hacer eso?

—No sobre el posible sabotaje, sino sobre sus planes para construir la carretera—. Jace señaló a su ordenador. —Después de todo, si lo solicitó y se lo denegaron, es de conocimiento público. También es una pregunta válida que le puedo hacer como su biógrafo. De hecho, estoy sorprendido de que no lo haya mencionado.

—Solo te hablará de sus éxitos, no de sus fracasos.

—Eso es lo que odio de este trabajo —Jace suspiró. —Carece de objetividad. Solo escribo lo que él me dice que escriba. Pero dudo que recurriera al sabotaje. Sin embargo, pongámosle en un apuro al preguntarle a bocajarro.

Ella no había pretendido volver a deprimir a Jace. —Reuniré mis notas y le preguntaré yo misma mañana. Eso me da varias horas esta noche para investigar todos los datos.

—Me temo que eso tendrá que esperar. Se nos espera en la gala de esta noche.

—¿Una qué esta noche?— Eso explicaba el helicóptero, ¿pero una gala en una aislada montaña en invierno? Ella no se lo había esperado.

—Batchelor ha invitado a algunos dignatarios, quienes han volado aquí especialmente para esta noche, y tengo que asistir. Algunos peces gordos del gobierno, defensores del medio ambiente en su juventud. Se supone que es para proporcionar parte del material para su "autobiografía"––. Jace hizo comillas en el aire. ––Al menos eso es lo que me ha dicho.

Todavía estaba furioso por lo de ser escritor fantasma, y Kat no podía culparle.

––Me quedaré aquí ––dijo ella. ––De todos modos no tengo nada que ponerme. Solo di que todavía me estoy recuperando de la avalancha de esta mañana.

Jace hizo una mueca. ––Ya le pregunté a Dennis sobre el código de vestimenta y me dijo que no importaba. Pero espera que tú también asistas. Además, no puedes dejarme solo con toda esa gente. Te necesito allí. Eres mi excusa para marcharme pronto.

En realidad no podía discutir con eso. Le debía a Jace un gran favor después de haber desaparecido y haberle preocupado. ––Pero todavía tenemos que desbaratar los planes de mañana.

––Lo haremos, justo después de asistir a la fiesta. No tengo que quedarme mucho tiempo, solo el suficiente para que vean que asistimos. Quién sabe, a lo mejor recibiremos información adicional. En cualquier caso, la biografía de Batchelor es la excusa perfecta para hacerle preguntas. Como por ejemplo qué pasa con las facciones en pie de guerra en una montaña tan remota.

Kat asintió. ––Guerra parece un poco extremo, considerando lo poco poblada que está la zona. Pero supongo que esa es la clave del asunto. Los lugareños no quieren que se urbanice la tierra, así que hay mucho en juego para ellos. Pero creo que son inofensivos. Enfadados quizás, pero no violentos.

––¿Has hablado con ellos?

Ella asintió. ––Después de hablar con Ed, puedo entender su punto de vista. La mina arruinó su agua potable y devaluó sus propiedades. Los dueños extranjeros de la mina simplemente les ignoran y no limpian la mina ni arreglan lo del agua. Los lugareños son quienes tienen que vivir con los resultados. Yo protestaría. Y tú también si estuvieras en la misma situación.

Kat rebuscó en su bolso algo de ropa que ponerse. Se decidió por un jersey azul y pantalones negros.

––Batchelor dice que son bastante violentos.

—Para nada me dio esa impresión—. A excepción de las armas, las cuales eran comprensibles teniendo en cuenta a lo que se enfrentaban. —Suena a que los manifestantes de fuera del pueblo son los violentos.

En realidad no había visto al otro grupo de protesta, solo pruebas de sus trabajos manuales en el sendero bloqueado. A juzgar por los comentarios de Ed y Ranger, se mantenían en un discreto segundo plano. Eso era extraño, teniendo en cuenta su supuesta afición a la publicidad. Ed les describió como que siempre intentaban manipular a los lugareños. ¿Participarían en la protesta del día siguiente?

—¿Hay otro grupo de manifestantes? —Jace enarcó las cejas. —Batchelor nunca los mencionó.

—Ed sí, y Ranger también—. Ella recordó los árboles caídos que habían bloqueado el sendero en su excursión inicial en motonieve. —Los que vienen de fuera del pueblo son manifestantes profesionales que intentan provocar controversia. Están usando el embalse de relave de las Minas Regal Gold como plataforma para promover su propia agenda y conseguir atención de los medios. Hasta ahora no ha funcionado.

Le parecía irónico que Batchelor hubiera sido una vez un manifestante famoso. Había usado trucos de publicidad para ganarse la atención de los medios y hacer avanzar su causa.

—Hmm —Jace se rascó la barbilla.

—¿Qué?

—¿Cómo viajaron hasta aquí en invierno con las carreteras cerradas? ¿Por aire, como nosotros?

Kat se encogió de hombros. —Supongo. Pero volar sería caro. Las ONGs normalmente no tienen dinero para gastos. Estos deben tener bolsillos profundos—. Las protestas en invierno son también inusuales, por razones obvias como el frío. No solo era incómodo para los manifestantes, sino también para la prensa, quien era improbable que proporcionara mucha cobertura.

—Bolsillos muy profundos. A menos que reciban financiación de alguien más —Jace comprobó su reloj. —Más vale que nos dirijamos hacia la cabaña. La cena es en media hora.

—Una cosa que no consigo averiguar —dijo Kat. —Están luchando contra los manifestantes locales, lo cual es una completa pérdida de tiempo. ¿Por qué no unirse a ellos simplemente?

—Exacto. Ambos grupos están protestando contra los embalses de relave y el agua contaminada. Luchar unos contra los otros solo distrae de su causa. Si los manifestantes de fuera del pueblo quieren ganar notoriedad, hay mayores causas con acceso más fácil. ¿Cuál es el nombre de su organización?

—Ni idea —Kat negó con la cabeza. —Si lo supiera, podría averiguar quién les financia. Pero no tengo ni idea de quienes son.

Jace se puso las botas. —Llegamos aquí en avión privado y nos estamos alojando en la cabaña de Dennis. ¿Dónde se alojan estos manifestantes? Deben haber venido volando, como nosotros. Alguien lo sabrá.

Quien lo supiera no estaba hablando. Pero Jace tenía razón en una cosa. No había hoteles cerca, así que o bien eran invitados de alguno de los residentes locales, o se estaban alojando en el hotel en Sinclair Junction. Tenía que ser eso último, ya que no se habían ganado la bienvenida de los lugareños.

Los manifestantes eran, por naturaleza, gente que buscaba llamar la atención. Aún así los manifestantes de fuera del pueblo eran prácticamente invisibles. ¿Quiénes eran, y por qué habían sido tan escurridizos?

# 13

La fiesta ya había empezado cuando Kat y Jace llegaron a la cabaña. El gran salón estaba medio lleno con cerca de cincuenta personas, la mayoría parejas mayores. Todos los hombres se parecían: gruesos, de cara rosada, y estirados con sus trajes negros demasiado apretados y sus zapatos abrillantados. La mayoría de las mujeres llevaban vestidos semi-formales con perlas, el uniforme de las recaudadoras de fondos en busca de dinero.

Kat examinó la sala en busca de Ranger y se sintió aliviada de encontrarle ausente. Era bueno pero también era malo, se recordó a sí misma. No cabía duda de que estaría dando los últimos retoques a la catástrofe planeada para el día siguiente.

Kat se sentía terriblemente inadecuada con su ropa. Incluso la ropa de Jace encajaba. Vestía el traje azul oscuro que tenía para "emergencias", su término para cenas elegantes y eventos similares. Tenían que evitarse a toda costa, excepto cuando los cubría como periodista.

Al menos él parecía parte de la fiesta. Ella, por otro lado, no. Era fácilmente la persona más informalmente vestida de toda la fiesta, con su jersey casual y sus pantalones. Se maldijo por no haber llevado un vestido. Nunca se esperó terminar en un evento político para recaudar fondos en lo alto de una aislada montaña en mitad del invierno. Se había esperado una escapada de fin de semana en la naturaleza, no una gala.

Siguió a los otros invitados dentro del comedor. Tres grandes mesas redondas habían sido añadidas a la gran mesa de comedor para poder acomodar a los invitados. Cada cubierto tenía una tarjeta con un nombre, y se sorprendió de ver que ella y Jace estaban sentados separados, aunque ambos estaban sentados a la mesa principal. Jace estaba a la derecha de Dennis, mientras que ella estaba sentada entre dos mujeres en el extremo opuesto. Ella tomó asiento, agradecida por la oportunidad de ocultar su atuendo informal.

La mujer a su izquierda llevaba un vestido de noche de terciopelo azul real. Estaba adornado con un collar de zafiros y diamantes que apretaba su regordete cuello. Kat le sonrió, aunque no estaba de humor para entablar conversación banal esa noche.

Seguía preocupada por la dinamita y no podía concentrarse en nada más. ¿Dónde y cómo planeaban usarla? ¿Para provocar otra avalancha?

Kat pilló a la mujer mirándola fijamente y se dio cuenta de que había hablado. Kat no había oído ni una palabra.

La mujer junto a ella sonrió. ––De verdad que sigues estando en shock por el accidente. He oído todo lo que pasó.

Su acompañante le parecía vagamente familiar, pensó Kat, pero no conseguía saber por qué. Miró la tarjeta de la mujer que estaba sobre la mesa e instantáneamente reconoció el nombre: *Rosemary MacAlister*.

Por supuesto. Rosemary era casi tan famosa como su marido político, George MacAlister. Ella era miembro de la alta sociedad de Vancouver, y una constante en muchos eventos benéficos. La poderosa pareja era de los principales benefactores de la ciudad, e incluso le habían puesto su nombre a un ala de un hospital.

La gala de Batchelor estaba al parecer en su circuito social, a pesar de su aislada localización. Kat se preguntó por qué hasta que se dio cuenta de que era un evento para recoger fondos para George MacAlister, el marido de Rosemary. Se presentaba a la reelección y este era el primero de muchos eventos para conseguir fondos para la campaña.

—Todavía estoy afectada pero voy sintiéndome mejor—. Kat se moría de hambre, un signo claro de que se había recuperado. Su estómago rugió al pensar en comida.

Jace había mencionado que la fiesta era una cena de mil dólares el cubierto, completa con canapés de caviar, una barra de whisky, y una cata de vinos. Kat no podía imaginar pagar un precio tan alto, pero claro, ella y Jace apenas encajaban en la misma demografía multimillonaria que la poderosa pareja de invitados.

Incluso a mil dólares el cubierto, los gastos no se cubrirían. Batchelor probablemente pagaría la diferencia. Montones de donaciones secretas en especie sucedían bajo cuerda, especialmente para aquellos sujetos al escrutinio político.

Se quedó sorprendida por el número de invitados que se habían enfrentado al viaje invernal, teniendo en cuenta el cierre de la carretera. —Nunca esperé un evento así en mitad de la nada. Especialmente con la tormenta de fuera.

—¿No es terrible?— Rosemary inclinó su copa y bebió el resto de su vino. Dejó la copa de vino sobre la mesa, pero se cayó. Rojas gotas salpicaron el blanco mantel de lino. —Oh cielos. Probablemente no debería haberme tomado el martini de más en el helicóptero.

—¿Ha venido volando hasta aquí?— Kat no podía imaginarse martinis en un helicóptero.

Rosemary asintió con la cabeza. —Todos hemos llegado así. Dennis envió el helicóptero a buscarnos. No podía consentir que el invitado de honor no apareciera, ¿verdad?

—Debe haber al menos cincuenta personas aquí —dijo Kat. La mayoría de los hombres arremolinados alrededor de Dennis a la cabecera de la mesa. Eso incluía a Jace, quien estaba sentado a la derecha de Dennis.

Rosemary rio. —Hemos venido en tandas de cuatro personas. Era casi como en hora punta. Volaremos de vuelta a casa esta noche más tarde.

Pobre piloto, teniendo que esperar. Las condiciones no eran exactamente ideales para volar. De hecho, era absolutamente peligroso. La tormenta de nieve se había convertido en una ventisca, y no se esperaba que aclarase hasta media mañana del día siguiente. Pero los invitados parecían ignorantes al tiempo que hacía fuera.

E ignorantes a la falta de comida. Una hora más tarde llegó el primer plato, servido por camareros con esmoquin. Kat se removió en su asiento. Ahora se sentía realmente mal vestida.

El primer plato era una diminuta ensalada de salmón ahumado y cítricos, artísticamente dispuesta sobre un puñado de hojas de lechuga. Se preguntaba qué porción de los mil dólares representaba este plato, y si los ingredientes también habían llegado volando. ¿Podías gastarte uno de los grandes en una cena y aún así acabar hambriento? Ella esperaba que el frigorífico de su cabaña estuviera bien provisto de carbohidratos, porque esta cena parecía un poco ligera después de su excursión quema calorías del día.

Alguien le dio un ligero golpecito en el brazo. Se giró para ver a Dennis, también vestido con un esmoquin. ¿Por qué no le había proporcionado a Jace los detalles del código de vestido? Este evento había sido obviamente planeado hacía meses.

—Me alegra que pudieras venir —dijo. —Veo que ya has conocido a Rosemary, la esposa de George.

Kat asintió. La obvia maniobra de separar a los hombres y a las mujeres le molestaba y hedía a sexismo. ¿Qué tenía ella en común con una esposa trofeo que era treinta años mayor que ella, aparte de pertenecer al mismo género? Por otro lado, ella solo estaba allí de acompañante, ya que era Jace el invitado oficial. En vez de exagerar, quizás solo debería relajarme y disfrutar de la comida y la bebida. El pobre Jace tenía que continuar con su papel de biógrafo oficial.

No era que Kat estuviera llevando la cuenta, pero Rosemary ya llevaba cuatro copas de vino y ni siquiera habían empezado con el segundo plato. Acababa de comerse el último bocado de su ensalada cuando Dennis se materializó de repente detrás de ellas.

—¿Más vino? —Dennis le sonrió a Rosemary y rellenó su copa con una botella de Merlot de aspecto caro.

Se giró hacia Kat. Ella negó con la cabeza, señalando su copa aún medio llena. ––Estoy servida.

Una vez Dennis estuvo fuera del alcance del oído, Rosemary se inclinó hacia ella. ––Odio estas cosas ––chapurreó. ––Tengo que aguantarme y pedir dinero.

Su vecina ya estaba achispada y el evento no había hecho más que empezar. Kat examinó la multitud, formulando un plan de escape en su mente. ––Nunca habría esperado un evento así aquí en las montañas.

––Dennis las organiza todo el tiempo. No se le da muy bien nada más, pero sabe cómo dar una fiesta.

Las cosas se acababan de poner mucho más interesantes. La opinión de Rosemary sobre Dennis era al parecer menos que positiva. ––Entiendo que conoce a Dennis desde hace mucho, ¿cierto?

Rosemary asintió. ––Todos crecimos aquí. George y Dennis fueron al colegio juntos. Yo estaba dos cursos por detrás de ellos.

––¿Aquí? ¿En las montañas?–– No se le había ocurrido a Kat que Dennis fuera originario de Paradise Peaks. Ella simplemente había supuesto que se había mudado allí para estar más cerca de la naturaleza, en vez de estar volviendo a sus raíces.

––No aquí exactamente. En Sinclair Junction. Pero todas nuestras familias tenían propiedades aquí en las montañas. Sigue siendo un auténtico páramo, pero nosotros estamos intentando cambiarlo.

––¿Cómo?–– ¿Y qué quería decir con "nosotros"?

––Necesitamos que la economía remonte ––dijo ella. ––Desde que la mina cerrara hace unos años, no ha habido nada. Ni industria ni empleo. George quiere cambiar todo eso desarrollando el turismo. Hay planes para construir un nuevo complejo de vacaciones y esquí.

––¿En serio? No tenía ni idea. Esto es muy hermoso, y las montañas parecen perfectas para una estación de esquí––. Se le vinieron a la mente Elke y Fritz. Perfecto para todo el mundo excepto los lugareños que se oponían a ello. Eso incluía casi a todos los actuales residentes.

––Será aún mejor una vez que mejoremos la carretera. Es ridículamente inaccesible en invierno.

––¿Qué pasa con las avalanchas? ¿No es demasiado peligroso esquiar por aquí?

––Ahora mismo sí, pero la estación de esquí usará explosiones controladas para controlar las avalanchas. Es parte de las operaciones regulares. Estamos muy excitados por el nuevo complejo.

Rosemary vació su copa.

Kat levantó la botella de vino y Rosemary asintió. Rellenó la copa de Rosemary. No necesitaba ir a ninguna parte. Toda la información que necesitaba estaba sentada justo junto a ella.

––No tenía ni idea de que se estuviera trabajando en un complejo––. Dennis no lo había mencionado. Ni Ranger ni ninguno de los lugareños. ––¿Qué pasa con la propiedad de la mina?

Rosemary se quedó con la boca abierta. ––Oh oh. Supuse que Dennis te lo habría contado.

––¿Contarme qué, exactamente?

Rosemary soltó una risita. ––He hablado demasiado, pero ya que lo he arruinado todo, bien podría contarte el resto––. Ella señaló a Batchelor con la cabeza. ––Esta cabaña es solo el comienzo. Junto con la propiedad circundante, esto es el comienzo del Hotel Golden Mountain, un complejo de cuatro mil hectáreas.

La tierra de Batchelor solo tenía unas ciento setenta hectáreas. Eso significaba que necesitaba todas las propiedades que lindaban con la suya, así como tierras adicionales. Eso incluía las tierras de Elke y Fritz, la propiedad de la mina, y otras. Excepto que el lugar de la mina estaba contaminado, junto con Prospector's Creek.

Kat le siguió la corriente. ––Ahora que lo menciona, ya me acuerdo. Dennis dijo algo de pasada, pero se me han olvidado los detalles.

––Va a ser una comunidad fantástica ––dijo Rosemary. ––Una joya ecológica, todo autosuficiente. Energía solar, agua del glaciar, y un restaurante orgánico con comida cultivada cien por cien localmente.

El agua del glaciar era simplemente el agua potable que ya existía, ya que el embalse se alimentaba del glaciar. La inmaculada naturaleza era un sueño para un empresario.

El agua contaminada era la piedra en el camino para Batchelor, y aún así no parecía preocupado. El embalse de relave tenía que ser tratado para que el proyecto siguiera adelante. Como eso costaría toneladas de dinero, ¿por qué no construir en otra parte? Parecía ilógico elegir un lugar contaminado, pero quizás ya se había comprometido antes del accidente con el embalse de relave. Aún así, no tenía sentido económico ni empresarial, y los billonarios eran famosos por centrarse en el balance final. Había montones de otros lugares donde construir hoteles, así que, ¿por qué aquí, teniendo en cuenta todos los obstáculos?

Cualesquiera que fueran las razones, era evidente que necesitaba las propiedades vecinas. Propiedades que no estaban a la venta.

—La propiedad de Batchelor no es lo suficientemente grande como para un gran hotel. ¿Cómo puede soportar la montaña ese tipo de alta densidad?— Batchelor sabía exactamente quienes eran sus oponentes, como resultado de su poco exitosa solicitud de hacía varios años. Elke y Fritz estaban ciertamente entre ellos. Si el dinero no les había convencido para que vendieran, ¿había recurrido a otros métodos?

—No lo hará —rio ella. —Esta propiedad es solo una fracción de lo que será una exclusiva comunidad privada. Habrá dos mil parcelas de media hectárea, esquí en invierno, y una campo de golf para el verano.

—¿Golf?— Traer más gente no pintaba bien para dejar la naturaleza sin tocar.

—Solo un campo de nueve hoyos para empezar —dijo Rosemary, como disculpándose. —La fase dos añadirá un campo reglamentario de dieciocho hoyos.

—¿Todo eso para dos mil propiedades?

—Y el hotel —alardeó ella. —Será genial cuando los otros descubran esta joya escondida. Estoy impaciente.

Parecía un cambio monumental a las montañas inmaculadas actuales. Y un cambio significativo de dirección para un respetado ecologista. Batchelor se había vendido.

Una buena porción de los beneficios de Dennis probablemente

encontrarían el camino hacia la campaña de reelección de George. El proyecto no podía seguir adelante sin la adecuada aprobación del gobierno. Aprobación que George, como Ministro de Medio Ambiente, podía acelerar durante el proceso gubernamental.

De repente todo tuvo sentido.

El proyecto valía muchos millones más para un hombre que ya era billonario. ¿Merecía la pena arriesgar su reputación dándole la espalda a su pasado ecologista?

¿Era lo suficientemente lucrativo como para cometer asesinato?

# 14

---

osemary estuvo hablando hasta por los codos con Kat durante toda la cena, el postre, y el café. La velada de dos horas tuvo tantos platos que perdió la cuenta. Su hambre desapareció despacio. No había nada en el menú que considerara local, desde el salmón salvaje hasta el coñac después de la cena. Todo era de importación y lo habían traído en avión desde la costa, lo cual no era un gasto pequeño ni siquiera para un billonario como Batchelor. Cuanto más descubría sobre él, menos sabía. Su persona privada era todo un contraste con su imagen pública.

Mataría por estirar las piernas y bajar un poco la comida, pero permaneció atrapada. Rosemary sentada a un lado y otra mujer a su otro lado continuaban interrumpiéndose mientras discutían sus últimos proyectos de diseño de interior.

Kat se moría por regresar a su cabaña para escribir los comentarios de Rosemary sobre papel. Una vez que indagara en la historia no oficial de Paradise Peaks, descubriría exactamente qué papel habían jugado Rosemary, George, y Dennis en su localidad natal. De los tres, solo Dennis seguía teniendo su hogar allí, pero eso no significaba que los MacAlister carecieran de conexiones locales. Y luego estaba el

Hotel Golden Mountain, el complejo que Rosemary había mencionado. La solicitud rechazada del proyecto de Dennis proporcionaría algunas pistas sobre sus planes futuros.

Tenía que hablar con Jace a solas. Probablemente ignoraba los planes hoteleros de Dennis, ya que no se los había mencionado. Probablemente había llegado a la misma conclusión que ella sobre la gala. Dennis estaba comprando favores con contribuciones económicas para la campaña de reelección de George MacAlister. Había otra historia ahí, una que casi ciertamente sería omitida de la biografía oficial de Batchelor.

Examinó la sala. La mayoría de los invitados formaban pequeños grupos o se dispersaban ahora que la cena había terminado. Vio a Jace en el bar de whisky. Estaba rodeado por media docena de hombres de mediana edad que se habían enganchado a él. Reían y juraban en voz alta mientras adornaban historias sobre Batchelor. Se convertían a ellos mismos en los protagonistas, en un intento finamente velado de incluirse ellos mismos en la biografía de Batchelor.

Jace tenía una expresión cansada e irritada. Sin duda le habían calentado la oreja, igual que a ella. Pero ella al menos había conseguido información muy interesante. Finalmente atrajo su mirada y le hizo señas para que se reuniera con ella en el vestíbulo.

Él atravesó la sala y salieron juntos al vestíbulo. Se filtraban risas desde la fiesta. Estaban solos, pero la cavernosa acústica del techo amplificaba sus susurros a un nivel incómodo.

Kat relató los comentarios de Rosemary. ––En realidad es bastante entretenida.

––Está muy bien relacionada ––dijo Jace. ––Todo lo que diga debe contener un poco de verdad.

Kat miró alrededor pero no vio a nadie. Aún así, con la acústica, cualquiera que estuviera cerca podría oír fácilmente su conversación susurrada. ––¿Podemos ir a algún sitio más tranquilo?

Jace le indicó que le siguiera. ––He olvidado mi cuaderno en el despacho de Dennis. Podemos hablar mejor allí.

Se colaron en su despacho, un amplio espacio masculino

completo con mesa de billar en el lugar donde debería estar una mesa de reuniones.

—Y yo pensando que estabas trabajando todo el día.

Jace sonrió. —Me puse a trabajar, no te preocupes. Definitivamente me estoy ganando mi salario. Solo tengo que contener la lengua mientras cuento las horas que faltan para terminar.

Kat repitió las afirmaciones de Rosemary sobre los planes hoteleros de Batchelor. —No sé qué pensar. Suena a que Dennis planea comprar en secreto todas las tierras.

—No me ha mencionado eso ni una sola vez. ¿Los MacAlister también están implicados?

Kat negó con la cabeza. —No en la compra de las tierras pero, según Rosemary, Dennis es su mayor contribuyente para la campaña. Con George como Ministro de Medio Ambiente, me pregunto si recibirá favores especiales una vez que tenga las tierras.

—Te estás precipitando en tus conclusiones. Por supuesto que son amigos. Crecieron todos aquí, y también tienen mucho interés en el medio ambiente. No tiene nada de malo que compartan intereses comunes—. Jace cogió su cuaderno de encima de la mesa. —Dennis es conspirador, pero no creo que sea corrupto.

—Puede ganar mucho dinero si ciertas cosas suceden. La gente racionaliza sus decisiones algunas veces—. Con suerte esa racionalización excluiría el asesinato. Parecía increíble, pero con tanto en juego con la adquisición de las tierras, ella albergaba dudas.

Jace se rascó la barbilla pensativamente. —Como conseguir los permisos adecuados.

—Y conseguir que construyan una nueva carretera. Aún cuando los otros residentes no la quieren.

Jace cogió su cuaderno desde un aparador auxiliar y se lo tendió. —Llévate esto contigo. No puedo permitirme perderlo.

Mientras Kat cogía el cuaderno, un montón de papeles sobre el escritorio de Dennis llamó su atención. Tenía membrete perteneciente a Earthstream Environmental. El símbolo del trébol de cuatro hojas era idéntico al logotipo en la gorra del guardia de seguridad.

—Conozco ese logotipo —Kat señaló a los papeles. —El vigilante de la mina tenía el mismo emblema en su gorra. Quizás no era un guardia de seguridad después de todo.

—Earthstream es la compañía de consultoría ecológica de Dennis. Me sorprende que el guardia de seguridad no te lo dijera. Es una de las compañías operativas de Dennis. Hacen limpiezas medioambientales.

—Eso es raro. ¿No crees que Ranger habría mencionado algo sobre el trabajo de Dennis allí?

Jace parecía confundido.

—¿Cuando pasamos por la barricada? Dijo que los manifestantes la tenían tomada con Dennis, y aún así no mencionó que la compañía de Dennis estuviera haciendo limpieza medioambiental. Y otra cosa... Ranger trabaja para Dennis, y el guardia sabía que yo era invitada de Dennis. Cuando menos, pensarías que no me apuntaría con su arma.

—¿Te apuntó con un arma? —Jace frunció el ceño. —Probablemente no deberías irte por ahí tú sola.

Ella había hablado demasiado. —No fue así. Sabía que no me iba a disparar—. Una exageración tal vez, pero no había presentido ninguna animosidad.

—Tenía un arma, Kat. Nadie sabía que estabas allí. Solo eso es ya suficiente para preocuparse.

—Le sorprendí. No esperaba verme en la mina. Quizás estoy dándole más vueltas de la cuenta. Dennis probablemente solo le dio la gorra o algo así. ¿Quién sabe?

Jace asintió. —Dennis no tiene control sobre lo que pasa en todas sus compañías. Otras personas dirigen las operaciones diarias, así que no sabría necesariamente que su compañía estuviera trabajando aquí.

—¿Incluso en su patio trasero? Todos se conocen en este lugar.

—Le preguntaré por ello mañana. En realidad todavía no hemos llegado a sus asuntos corporativos. Nos estamos concentrando más en su trabajo filantrópico y benéfico. Pero estoy de acuerdo. Es raro que tuviera a alguien en la mina y no lo supiera.

—Tiene que saberlo.

Jace cogió su cuaderno y se giró para marcharse. —La compañía minera contrató una de las docenas de empresas subsidiarias que posee Dennis. ¿Y qué si a sus empleados se les olvidó decírselo? Es solo una coincidencia que la mina contratara a su compañía.

—No creo en las coincidencias —dijo Kat. —Además, ¿por qué iban a estar trabajando ahora? La mina ya lleva cerrada varios años. También es invierno. Hace frío y es difícil trabajar cuando hay nieve en el suelo—. Aparte de la edad del guardia, simplemente no parecía ser ingeniero o consultor medioambiental. —¿Cómo iba a ignorar que su propia compañía estaba operando en un lugar diminuto como este? ¿Un lugar en el que creció? Él correría con los gastos de la limpieza para ganarse el favor de sus vecinos.

—Tienes razón –Jace frunció el ceño. —Y todo está planeado de antemano en lo que concierne a Dennis Batchelor.

Volvieron al gran salón justo cuando George MacAlister se levantaba de su asiento. Se situó junto a Batchelor a la cabecera de la mesa y empezó a hablar. Era su típico discurso de campaña para ganar adeptos, el comienzo de su campaña de reelección política.

Kat escuchó educadamente y planeó su salida. A diferencia de los demás invitados, ella podía escapar a su cabaña. Siempre y cuando lo sincronizara bien, podría marcharse sin ser vista. Era un discurso largo, de cuarenta y cinco minutos, y era imposible salir sin llamar la atención. Como muchos políticos, MacAlister era adepto a tardar mucho tiempo en decir absolutamente nada sustancial. Su discurso fue seguido de varios seguidores, quienes elogiaron la sabiduría y planificación ecológica de George.

Finalmente tuvo la oportunidad de escapar cuando Batchelor se levantó para hablar. Le dio un beso a Jace en la mejilla, cogió su cuaderno, y se marchó. Nadie la vio irse aparte de Jace, quien prometió contarle cualquier información que consiguiera sobre el Hotel Golden Mountain y la conexión de Batchelor con los MacAlister.

Salió al frío aire nocturno y abandonó las cálidas luces de la cabaña tras ella. La ráfaga de aire frío era sorprendentemente refrescante. Siguió el camino que habían limpiado con las palas en vez del sendero nevado de vuelta a la cabaña, perdida en sus pensamientos.

La avalancha de esa mañana había causado un efecto físico y emocional en ella. Podía quedarse fácilmente dormida, pero tenía trabajo que hacer y solo unas cuantas horas para hacerlo. Había poco tiempo que perder si quería salvar a la gente de Paradise Peaks.

## 15

E l largo historial de activismo ecológico se remontaba a los años 1980s. Las primeras protestas que inspiraron a Dennis Batchelor a convertirse en ecologista había cerrado un ciclo. Batchelor había liderado entonces las protestas; ahora otros protestaban contra él. Aunque los manifestantes protestaban oficialmente contra la mina, habían dejado claro que también se oponían a él.

Kat seguía convencida de que Batchelor estaba conectado con lo que fuera que Ranger y Burt habían planeado para el día siguiente. Era lo suficientemente listo como para mantener sus manos limpias quedándose un paso por detrás. Ranger hacía todo el trabajo sucio por él.

Para detener la inminente catástrofe, ella necesitaba saber qué era lo que planeaban y cómo exactamente iban a ejecutarlo.

Paradise Peaks había cambiado mucho desde que Batchelor se había colocado en el candelero medioambiental hacía décadas. La atención de los medios atrajo más visitantes, pero no necesariamente de los que aman la naturaleza. Lo que era bueno para la economía local conllevaba un coste ecológico. Los intereses de los lugareños eran sobrepasados por dólares y centavos. Puesto que el futuro de

Paradise Peak giraba en torno al dinero, ¿qué posibilidades había de que Batchelor no estuviera implicado?

Cero.

Kat rememoró los comentarios de Rosemary MacAlister sobre los planes para el Hotel Golden Mountain. Dennis necesitaba las propiedades adyacentes, incluyendo la propiedad de los Kimmel y las Minas Regal Gold. Un escalofrío le recorrió la espalda ante las implicaciones de dicho escenario. Los Kimmel se habían negado a que les echaran. De repente sus vidas se habían extinguido y ya no estaban allí para pelear.

Quizás no eran traficantes de marihuana como habían insinuado Ranger y Dennis. Si las afirmaciones de los Kimmel estaban justificadas, por supuesto que Batchelor les desacreditaría al llamarles locos. ¿A quién creería más la gente?

Encendió su portátil. Como el misterio aumentaba, necesitaba documentar sus hallazgos mientras aún estuvieran frescos en su mente. Incluso la policía podría encontrarlo útil, si y cuando finalmente la interrogaran sobre la avalancha. En cualquier caso, su resumen podría ayudar a Jace más tarde, si él escribiera la otra historia, la extraoficial.

Batchelor se beneficiaba directamente del accidente de los Kimmel porque eliminaba todos los obstáculos para adquirir la tierra. Como también necesitaba la propiedad de las Minas Regal Gold, tenía sentido que el embalse de relave no hubiera sido arreglado. Algunas de las reparaciones eran innecesarias si el lugar iba a ser reconvertido.

La contaminación todavía necesitaría ser tratada, por supuesto, pero la descontaminación era menos extensa y cara que reconstruir todo el embalse de relave para hacer que las Minas Regal Gold volvieran a estar en completo funcionamiento. Vender la propiedad podría ser la mejor solución para los ausentes dueños de la mina también. Después de todo, la mina había funcionado durante treinta años y seguramente estaría a punto de agotarse. La mayor parte del oro, y la mayoría de los beneficios, ya había sido extraído.

Volvió a recordar la gorra del guardia de seguridad de la mina con el logotipo de Earthstream. El trébol de cuatro hojas implicaba una conexión con Earthstream y, por lo tanto, con Batchelor. Pero eso no podría significar nada en una comunidad tan pequeña. Todo el mundo estaba conectado de un modo u otro.

El hombre parecía tener más de la edad de jubilación, así que bien podría no ser un guardia de seguridad. Quizás solo estaba vigilando el lugar de forma informal. Era improbable que el hombre estuviera empleado como ingeniero medioambiental o cualquier otro tipo de especialista para Earthstream Technologies, teniendo en cuenta su edad. Batchelor probablemente le había dado la gorra. Pero entonces, ¿por qué estaba en la mina, para empezar?

No tenía ni idea, pero no tenía sentido pasar más tiempo preguntándoselo. Ya eran las once en punto, y aún así no estaba más cerca de averiguar los planes de Ranger y Burt para el día siguiente.

Bostezó y decidió dar por finalizado el día. Por costumbre, pinchó en su buscador y se sorprendió de ver que tenía una potente conexión a internet.

Pinchó en la página web de Earthstream y navegó hasta encontrar la sección de información de la empresa. Earthstream Technologies era una más entre docenas de compañías dentro del complicado organigrama de Batchelor.

Earthstream tenía una oficina principal en Luxemburgo. Los propietarios eran un holding empresarial luxemburgués, que a su vez era propiedad de una compañía numerada de las Islas Caimán. Las compañías numeradas eran anónimas por diseño, tanto para escapar de los impuestos, de responsabilidades legales, o de ambas cosas. Sobre el papel, la red de compañías y el laberíntico organigrama corporativo efectivamente ocultaba al propietario real. Sin embargo, cualquiera que siguiera el laberinto podía ver que el propietario definitivo era Dennis Batchelor.

Como la mayoría de billonarios, sus empresas estaban estructuradas por un ejército de abogados y contables. Su única misión en la vida era ejecutar sus deseos para conseguir los máximos beneficios con responsabilidad limitada. Pero solo porque los vacíos fiscales fueran legales no significaba que fueran morales.

Cualquier indignación escrupulosa que Batchelor sintiera por los temas ecológicos no evitaba que capitalizara cualquier beneficio fiscal y financiero que hubiera disponible. Una cosa estaba clara: la posición anti corporativa del cruzado medioambiental no se aplicaba a sus propios intereses empresariales. La única limpieza local en la que participaba era en el sentido financiero para maximizar sus beneficios netos.

La página web de Earthstream también era interesante por lo que no mostraba. La página enumeraba numerosos proyectos de la compañía, pero Minas Regal Gold no era uno de ellos. Probablemente había una explicación lógica. Quizás el proyecto era demasiado nuevo, demasiado pequeño, o ya había sido completado.

Solo que Regal Gold no encajaba en ninguna de esas categorías. Era algo más grande que muchos de los proyectos enumerados por Earthstream. Tampoco era un proyecto nuevo. El embalse de relave se había derrumbado hacía unos años y todavía no había sido reparado. Eso planteaba otra pregunta. Dueños ausentes o no, el gobierno debería haber obligado a la compañía a limpiar. No era común dejar a una comunidad sin agua potable durante años sin fin.

Por supuesto, MacAlister *era* el gobierno. Como ministro de medio ambiente, podía vetar decisiones u obviar transgresiones. Eso era suicidio político si alguien lo descubría, pero las apuestas podían ser lo suficientemente altas como para arriesgarse a esa posibilidad. ¿Podía tener algún tipo de trato alternativo con Regal Gold?

Tenía que haber una explicación para que MacAlister, el Ministro de Medio Ambiente, hubiera ignorado las preocupaciones válidas de los manifestantes durante más de dos años. El gobierno debería haber intercedido cuando la falta de compromiso de Regal Gold se hizo evidente. Simplemente no había excusa para que el agua potable continuara contaminada y sin posibilidad de ser bebida durante tanto tiempo. También desafiaba a la lógica que dos hombres muy poderosos con raíces locales hubieran aceptado simplemente el estado de las cosas sin protestar.

Los servicios de Earthstream incluían la descontaminación medioambiental, así que podrían haber resuelto fácilmente la situación del embalse de relave. Eso se le habría ocurrido inmediatamente a Batchelor. ¿Habían avergonzado a Minas Regal Gold hasta el punto de que finalmente arreglarían el problema? Si eso era así, eran buenas noticias, pero ¿por qué no sabían los manifestantes ese progreso en el problema? Teniendo en cuenta las interminables protestas y la hostilidad, seguro que serían los primeros en saberlo, aunque solo fuera por propósitos de relaciones públicas. Después de todo, era una buena historia para la prensa de la que Batchelor se podía lucrar.

¿Qué podía ser más lucrativo que ganar clientes para Earthstream?

Lo único más valioso para Batchelor era tierras para su hotel. Tierras que pudiera comprar a precio más barato por su estado contaminado. ¿Esperaba Batchelor poder comprar los terrenos a precio de ganga? Si era así, ¿habría convencido a MacAlister de que hiciera la vista gorda?

Era interesante que Jace no supiera nada de los planes hoteleros. ¿Por qué no le había mencionado nada de eso Batchelor a su biógrafo oficial? ¿Tenía algo que ocultar?

Comprobó su reloj y se dio cuenta de que ya era pasada la medianoche. Jace era el único invitado que no estaba aislado por el clima, pero ella sospechaba que no podía abandonar a los demás invitados. Sus vuelos de vuelta estaban probablemente cancelados hasta que pasara la tormenta.

Devolvió su atención a Minas Regal Gold. Aunque sus propietarios estaban fuera del país, al ser compañía pública tenía como obligación cursar documentos de regulación. Cargó la información de seguridad y navegó por los archivos reguladores.

Sentía los párpados pesados mientras pinchaba en cada informe. Las largas cláusulas de divulgación y los descargos de responsabilidad eran lo suficientemente áridos como para darle sueño a cualquiera. Se concentró primero en los informes financieros trimestrales, pero nada inusual llamó su atención.

Minas Regal Gold había sido bastante rentable hasta el incidente con el relave de la mina. A pesar de la edad de la mina, le quedaba al menos una década de vida. Cada día que estaba inactiva le costaba a los propietarios dinero en beneficios perdidos. Más razón aún para repararlo y volver a la acción. Pero todavía no lo habían hecho.

Algo más le resultaba raro. Según los informes reguladores, el propietario mayoritario que estaba fuera del país había vendido recientemente sus acciones, y aún así los manifestantes locales no parecían ser conscientes del cambio de propietario. Era un momento extraño para una venta con el tema del embalse de relave. Los inversores típicamente evitaban las compañías con problemas ecológicos sin determinar. Aparte del precio de compra, el nuevo propietario heredaría millones en tasas ecológicas y se enfrentaría a una posible bancarrota. Era un riesgo que muy pocos deseaban correr.

A veces sucedía. Pero el comprador era un idiota... o alguien que ya conocía las consecuencias.

El dueño mayoritario, una compañía china llamada Inversiones Lotus, había vendido sus activos de propiedad mayoritaria del 51% directamente a un nuevo propietario mayoritario. El nuevo dueño había entonces privatizado Minas Regal Gold, eliminando las acciones del registro de la Bolsa de Nueva York.

Según los archivos reguladores, el nuevo dueño mayoritario era una compañía llamada Inversiones Westside. Además de Westside, una segunda compañía tenía sustanciosas acciones de propiedad en Regal Gold. Era una compañía numerada, 88898 Holdings Limited, con base en las Islas Caimán. Juntas, las dos compañías poseían el 81% de las acciones activas.

Bingo.

Seguir el dinero y, en este caso, la propiedad de la compañía minera, arrojaría sin dudas algo de luz sobre las transacciones. El cambio de propietario era seguramente la llave para desentrañar el misterio.

Examinó los restantes informes y se detuvo ante el último. Westside había presentado una buena oferta para comprar las acciones restantes a un precio más elevado que el actual precio de mercado. La oferta no era demasiado generosa, pero no tenía por qué serlo. Las acciones habían perdido casi todo su valor después del incidente del embalse de relave. De hecho, eran toda una ganga, con un valor de un penique por acción.

Volvió a concentrarse en Inversiones Westside. La información sobre el dueño mayoritario era escasa, aparte de que a su vez era también propiedad de 247 Holdings, otra compañía de las Islas Caimán. Todo lo que pudo averiguar fueron los nombres de los directores, todos los abogados en la misma dirección de las Caimán. Era una compañía fantasma, con los auténticos propietarios escondidos detrás de un velo corporativo. A diferencia de Regal Gold, no era del dominio público, así que la información de los propietarios no estaba disponible online.

Probó desde una perspectiva diferente. Las empresas con grandes activos de propiedad siempre instalaban su propio consejo de directores en las compañías en las que invertían. Secreto o no, necesitaban ejercer su control. Era como influenciaban las operaciones y protegían su inversión. Al menos uno o dos directores tenían que ser personas designadas por Westside.

Pinchó en las biografías de cada uno de los miembros del Consejo de Directores. La mayor parte de los nueve directores parecían ser experimentados ejecutivos mineros con décadas de experiencia, incluyendo a dos que eran empleados de la compañía china. Todos los directores asignados eran hombres, incluyendo al único director que carecía de experiencia minera directa. Al menos en la superficie, tenía sentido.

Pero ninguno de los directores representaba a Inversiones Westside, el actual propietario mayoritario.

Estaba de vuelta en la casilla de salida. La dirección de Regal Gold había sido incapaz o no había querido reactivar una mina rentable. Aún así los beneficios perdidos de la mina superaban con mucho los gastos de arreglar el embalse de relave. Cada día de retraso les costaba dinero. ¿Por qué no la hacían operativa lo antes posible? ¿Qué estaban esperando?

Aún más sorprendente era por qué Westside y 88898 Holdings habían invertido en una mina con un ERE y con una enorme responsabilidad ecológica. Tenía que haber algún rendimiento, ¿pero qué era?

Una cosa era segura: Inversiones Westside, como dueño mayoritario, tenía que estar moviendo los hilos desde las sombras. No se contentarían con cero representación en el consejo de directores con tanto en juego.

¿Dónde estaba Jace cuando le necesitaba? A menudo contrastaba ideas con él, y ahora mismo Kat estaba dando tumbos en la oscuridad. Él tenía razón sobre Dennis Batchelor. El hombre pagaba bien, pero sus exigencias para con Jace eran completamente inadmisibles.

Volvió a su investigación, esta vez siguiendo el rastro de 88898 Holdings. La compañía de las Islas Caimán era una sucursal de propiedad absoluta de Pirate Holdings. Un nombre tan intrigante solo pedía seguir investigando. Examinó una lista de directores, pero eso no le llevó a ninguna parte. Como muchas compañías en paraísos fiscales extranjeros, los directores no eran más que hombres de paja. En el caso de Pirate, solo había tres. Todos eran abogados empleados en la misma compañía: Consultora Meridian. Un punto muerto.

¿O lo era? Los nombres le sonaban familiares. Volvió a las biografías de los directores en la página web de Minas Regal Gold. Se quedó con la boca abierta cuando lo vio. Tres de los directores de Minas Regal Gold también tenían lazos con la Consultora Meridian. Las compañías no parecían tener relación; aún así compartían los mismos directores. Pirate Holdings estaba representada en el consejo a través de la Consultora Meridian.

Interesante, ¿pero significaba algo?

Apostaba a que sí. Consultora Meridian debía ser donde estaba el propietario definitivo. Contenía la llave de la verdad. Quien fuera el propietario de Meridian controlaba el dinero de Pirate Holdings, Minas Regal Gold, y quién sabe qué más.

Eso respondía a las preguntas sobre Pirate Holdings, ¿pero quién era el propietario de Inversiones Westside? Volvió a leer los informes reguladores de Westside y esbozó un organigrama en un bloc de notas. Dibujó recuadros para los nombres de las empresas y los rellenó con los nombres que iba extrayendo de los informes reguladores. La empresa arriba del todo en el organigrama era 247 Holdings. Saltaba a la vista desde el grafito y el papel. Inversiones Westside y Earthstream eran ambas sucursales de 247 Holdings. Dennis Batchelor era el propietario al 51% de Minas Regal Gold.

De repente todo tenía sentido.

Batchelor ya tenía una porción de la tierra que necesitaba a través de su posesión de Minas Regal Gold. ¿Pero por qué comprar una mina contaminada que había provocado daños medioambientales en su entorno? Porque así conseguía tierras baratas para su hotel, y la falta de agua potable alejaba a los residentes de toda la vida.

Pero también significaba que Batchelor tenía que pagar para arreglar el problema. Solucionar la contaminación del lugar tardaría años, o incluso décadas, y costaría millones. Como nuevo propietario, era responsable por cualquier problema, y aún así era imposible predecir acertadamente los costes de limpieza. El recuento final solo se conocería una vez que el trabajo estuviera completado. No muchos billonarios invertían en compañías con riesgos incuantificables. ¿Por qué lo haría Dennis Batchelor?

Minutos más tarde tenía su respuesta. Todo dependía de la evaluación medioambiental de Earthstream, así que esa sería la clave para resolver el rompecabezas. Como una cláusula de divulgación era requerida en todas las compañías públicas, la contaminación constaba en un archivo de regulación. Y claro, el comunicado de Earthstream había resultado en una enorme caída del precio de las acciones de Minas Regal Gold. Sus acciones no tenían prácticamente ningún valor cuando Westside y 88898 las habían comprado.

Aunque la dirección de Regal había reunido los requisitos legales al informar del accidente del embalse de relave en su informe para los accionistas, igualmente se habían esforzado para mantener el incidente en silencio. Era por eso que no había sido enumerado en la página web de Earthstream. Nadie les había obligado a actuar; al menos no hasta que el grupo de manifestantes formado por Elke, Fritz, y los demás empezaron a tomar cartas en el asunto.

Los manifestantes nunca habían tenido ninguna oportunidad. No habían sabido contra quien se enfrentaban.

A pesar de todo eso, Lotus había conseguido un comprador para sus acciones de Minas Regal Gold.

Suponiendo que los compradores hubieran cumplido con todas las diligencias, sabían del desastre medioambiental que acababan de heredar. Pero compraron la compañía de todos modos, a penique la acción. Los dueños extranjeros no hicieron ningún intento por limpiar el lugar, ya que eso les dejaría en la bancarrota. Eran legalmente intocables y no veían que tuviera sentido gastar dinero en una mina sin valor.

¿Ataría su fortuna un ecologista preocupado por su reputación a una mina contaminada? Parecía extremadamente improbable. Batchelor nunca arriesgaría su marca personal en algo así.

Y aún así lo había hecho.

¿Había exagerado Earthstream a propósito los hallazgos en su informe medioambiental solo para que Batchelor pudiera obtener la tierra que quería? Si era ese el caso, Batchelor y quien quiera que estuviera detrás de Pirate Holdings, parecían haber adquirido la mina por medios deshonestos.

Era la única conclusión que podía imaginar. ¿Por qué si no iba un ecologista a invertir en un desastre medioambiental? Tenía que saber algo que nadie más supiera.

La basura de un hombre era el tesoro de otro. La propiedad no tenía valor desde un punto de vista de hacer que una mina fuese operativa, pero era extremadamente valiosa como propiedad para un hotel si podía descontaminarse. Siempre y cuando Batchelor consiguiera los permisos adecuados, probablemente haría una fortuna. Con su amigo MacAlister como ministro de medio ambiente, sin duda lo conseguiría.

Los lugareños tenían incluso menos influencia ahora que Batchelor era el dueño de la mina, pero no lo sabían. Kat todavía no conocía los planes de Ranger y Burt para los explosivos, pero ahora al menos sabía el motivo: asustar a los propietarios de las tierras para que las vendieran baratas. Con los Kimmel muertos y la propiedad de la mina asegurada, solo Ed y el resto de los manifestantes se interponían en el camino de Batchelor.

## 16

La puerta de la cabaña se abrió de golpe y el aire frío se coló dentro. Kat se estremeció. ––Cierra la puerta, Jace. Hace frío aquí––. Botas zapatearon en la entrada, luego la puerta se cerró con un portazo.

––¿Jace?

Silencio.

Kat dejó su portátil y se levantó para reunirse con él en la puerta.

Era casi la una de la mañana. Estaba medio dormida y ya había dado un par de cabezadas mientras le esperaba para compartir sus hallazgos. ––Sé que estás agotado, pero no te vas a creer la mierda que he encontrado sobre...

Se deslizó por el suelo con sus calcetines y casi se estrelló contra Ranger.

––¿Qué demonios estás haciendo aquí?–– Perdió el equilibrio cuando se giró bruscamente. Estaban a centímetros de distancia y no tenía ningún sitio a donde ir.

La cogió por las muñecas y tiró de ella para que le mirase a la cara. ––¿Qué tipo de mierda?

––Suéltame––. Tiró de sus brazos hacia atrás, pero él era demasiado fuerte.

Ranger se rio. ––No te molestes. Nadie te oirá. Deberías darme las gracias. Acabo de salvarte de una caída.

––¿No llamas a las puertas?–– Ella se esforzó, pero no pudo liberarse de su fuerte sujeción. ––Suéltame. Me estás haciendo daño.

Él ignoró su pregunta, pero aflojó sus manos ligeramente.

––Voy a gritar.

Ranger la liberó y pasó junto a ella en dirección a la cama. Cogió su portátil.

El corazón de Kat iba a mil por hora. Le siguió y rezó para que su salvapantallas estuviera activado.

No lo estaba.

––¿Qué es todo esto?–– Él no esperó una respuesta. ––Veo que estás investigando la mina.

––¿Te supone eso un problema?–– Ella alargó las manos para coger su portátil, pero él no se lo devolvió.

––¿Esta es la mierda de la que estás hablando? ––giró la pantalla hacia ella.

Su rostro se ruborizó al ver los informes de regulación. Siempre y cuando no se diera cuenta de que ella había escrito a lápiz el organigrama sobre la cama, bien podría librarse de una buena simplemente hablando.

Kat se cruzó de brazos. ––Es un asunto privado entre Jace y yo––. Gracias al cielo no había dicho nada específico. ––Hablando de lo cual, más me vale ir a buscarle.

Ranger bloqueó su camino. ––Está ocupado con Dennis. Tardará un rato.

Ella no iba a dejar que la intimidara. ––¿Y por qué estás aquí? ¿Qué quieres?

Su boca se curvó para formar una delgada sonrisa. ––Trabajo aquí. No te importa lo que esté haciendo. Discutamos lo que tú estás haciendo.

Kat tiró de su portátil, pero Ranger lo retiró. Ella casi cayó al suelo cuando se le escapó de las manos.

Él se acercó a la mesa y colocó el ordenador allí. Lo abrió.

Ella soltó un suspiro de alivio cuando él ignoró los papeles que estaban sobre la cama, detallando el imperio global de Dennis Batchelor. Sus esperanzas se vieron rápidamente destruidas cuando él leyó sus notas en el ordenador.

—¿Esta es la mierda?— Soltó una risotada.

Ella sacudió la cabeza. —¿Así es como tratáis a vuestros invitados? Dame mi ordenador.

No hubo suerte. Él levantó la mirada de la pantalla. —¿Qué hace que Earthstream te parezca tan interesante?

—Solo estoy ayudando a Jace a investigar un poco.

—No, no es eso. Esto está fuera del ámbito de las memorias de Dennis.

—¿Cómo lo sabes? Tú no las estás escribiendo.

—Te sorprenderías de lo que sé—. El rostro de Ranger siguió impasible. —Dennis ni siquiera se rasca sin consultarlo conmigo primero.

—¿Ah sí?— Eso implicaba que Ranger probablemente también hacía todo el trabajo sucio para Dennis. La avalancha y la explosión planeada para el día siguiente eran obra de Ranger, pero con el beneplácito de Dennis.

Se aprovechó de su lapsus momentáneo y se lanzó hacia la mesa. Cogió su portátil y lo cerró. Esta vez él no intentó recuperarlo. Ella corrió hacia el dormitorio principal y metió el ordenador en su bolso. Se quedó a los pies de la cama, delante de su bolso.

—No puedes ocultarme nada. Lo descubriré—. Él estaba en la puerta con los brazos cruzados.

—¿Cómo? ¿Allanando propiedades y aterrorizando a la gente? Apuesto a que Dennis no sabe que estás haciendo esto.

Los labios de Ranger formaron una delgada sonrisa. —Él no necesita conocer los detalles. Ni tampoco quiere saberlos.

—¿Sabe que atacas a sus invitadas?

Un segundo de inseguridad pasó por su rostro. —No sabía que estabas aquí.

Ella le miró con rabia. —Esa no es excusa para lo que resulta ser allanamiento. No tienes motivos para estar aquí—. Ella se sentó en la cama y se puso las botas. No parecía que Ranger fuera a marcharse, así que ella tenía que salir de la cabaña. Y rápido.

—Pensaba que estarías todavía en la fiesta—. Él caminó hacia la cama y miró su bolso. Sus ojos pasaron hacia las puertas francesas del patio. —El clima es desagradable fuera. Vine a comprobar las ventanas.

—¿Pasada la medianoche? No lo creo—. Ella se puso de pie. —Voy a hablar con Dennis sobre esto.

Ranger estaba a centímetros de su bolso y ella luchó contra las ansias de cogerlo. Él simplemente se lo quitaría.

—Adelante. Le diré que estás investigando para echarle mierda encima.

—¿Entonces admites que hay mierda?

Su rostro se ruborizó. —No admito nada. Solo que Dennis me pidió que comprobara las cosas.

—Estás mintiendo—. Kat caminó hacia él y se acercó. Ella esperaba que él retrocediera de la cama, pero no se movió ni un milímetro.

Él sonrió. —Te vi ayer. En la mina.

El corazón de Kat se desbocó. ¿La habría visto también espiándole desde el borde de la carretera?

—Había salido a dar un paseo. No puedes detenerme.

—¿Quién dice que no puedo?— Sonrió, mirándola. —Puedo hacer todo tipo de cosas.

La cogió del brazo y la hizo marchar hacia las puertas francesas. —La vista es maravillosa desde aquí—. Abrió las puertas con su mano libre. Una ráfaga de aire helado entró. La empujó para que saliera al balcón. —Aún cuando está un poco oscuro.

Eso era quedarse corto, ya que estaba oscuro como boca de lobo fuera. No necesitaba ver la caída de ciento cincuenta metros hacia el cañón para saber que estaba allí.

Kat se sobresaltó cuando la puerta de la cabaña se abrió de golpe, seguida de pasos que se dirigían hacia ellos.

Ranger también se asustó. Le apretó más el brazo mientras se giraba hacia la puerta.

—¿Qué demonios es esto?— Jace estaba en la puerta del dormitorio.

Ella se liberó de la sujeción de Ranger y corrió hacia Jace. —Ranger ya se iba.

Se agarró al brazo de Jace, distanciándose lo más posible de Ranger. No se atrevía a contarle a Jace lo que había pasado con Ranger aún en la habitación. Jace le mataría, y ese sería el único crimen que no se quedaría sin castigo en este lugar del mundo dominado por Batchelor.

Ranger se paralizó mientras valoraba a Jace. Aunque Ranger era más bajo, era unos diez kilos más pesado que Jace. Los dos hombres no estaban igualados en fuerzas, así que no había garantías de un ganador. Ranger no podía empujar a Jace por el balcón, ¿pero quién sabía qué otros medios tenía a su disposición? Sin importar cómo se desarrollaran los acontecimientos, Ranger resultaría indemne.

Ella se giró hacia Ranger. —¿Vas a hablar con Dennis, o lo hago yo?

Ranger le hizo una mueca mientras pasaba junto a ella furioso. —Continuaremos esta discusión más tarde.

Seguro que Ranger había sabido que cualquier cosa que le dijera, ella se lo contaría a Jace. Y de ahí pasaría a Dennis. Quizás solo era una maniobra para asustar. ¿Hacía Batchelor oídos sordos a las tácticas de Ranger o, aún peor, condonaba su comportamiento?

—¿Qué demonios estaba haciendo aquí? —Jace se retiró, una mirada de preocupación en sus ojos. —¿Estás bien?

Ella le contó la brusca entrada de Ranger en la cabaña, así como sus propios hallazgos. —Me habría matado. Un accidente preparado, como si me hubiera caído por el balcón—. Aún parecía increíble, pero ¿por qué si no la había empujado fuera al balcón en mitad del invierno?

—Voy a ir tras él.

—Jace, no. No puedes seguirle. Al menos no ahora mismo. No hasta que revelemos lo que hemos descubierto. Si te enfrentas a él o a Batchelor ahora, los dos podríamos estar en grave peligro.

—No me gusta—. Se giró. —Pero tienes razón.

Kat se sintió aliviada. Tenían mucho que hacer en las siguientes horas. Cogió su portátil y señaló su resumen. ––Está pasando algo siniestro y Ranger es parte de ello. De eso estoy segura. Va a por mí porque le vi en la mina.

––Y si le viste, ¿qué tiene eso de malo?

––A simple vista nada. Yo había salido a dar un paseo. El problema es que ha mirado en mi portátil. Sabe que he descubierto algo.

––¿Y qué si estabas mirando las compañías de Dennis? Estás investigando para mí.

––No sé cómo, pero lo sabe, Jace. Debe haber espiado mi conversación con Rosemary. Con eso y con mi visita a la mina, ha atado cabos. Igual que hice yo––. Ella no había visto a Ranger en la gala, pero quizás él había hablado con Rosemary tras su partida. ––Tenemos que avisar a Ed esta noche, Jace. Mañana es demasiado tarde.

Kat recorrió con el dedo un eje de la telaraña de compañías en el imperio global de Dennis Batchelor. Su diagrama describía solo una porción de sus vastas acciones, pero era todo lo que necesitaba para implicarle.

La propiedad de Batchelor era invisible para los lugareños debido a su complicada estructura de propiedad, pero sobre el papel quedaba tan claro como el día. Era el dueño de Minas Regal Gold a través de Inversiones Westside. No podía seguir ocultándolo. Ella había desmembrado la complicada estructura corporativa.

Kat señaló al otro poseedor significativo de acciones de Minas Regal Gold en su diagrama: Pirate Holdings. —Tengo una corazonada sobre quien es el otro gran propietario de las acciones de la compañía.

—Deja que adivine... ¿MacAlister? —Jace se inclinó hacia delante y recorrió el diagrama con un dedo.

Ella asintió con la cabeza. —No directamente, por supuesto, ya que hay un obvio conflicto de intereses con su rol como Ministro de Medio Ambiente. No puede ser dueño de una compañía de cuya regulación es responsable. Contrató a algunos abogados en las

Caimán para que hicieran de directores, igual que hizo Batchelor. Ha estructurado todo de modo que es invisible e intocable.

—Pero sin duda mueven los hilos en las sombras.

—Exacto. Él es el otro socio mayoritario.

Jace soltó un silbido. —Olvida la biografía de Batchelor. Esto es mucho más jugoso.

Kat asintió. —El 51% de Batchelor y el 30% de MacAlister les convierte en dueños del 81% de las acciones de propiedad de las Minas Regal Gold. Suficiente para dirigir el cotarro. Tengo la corazonada de que Earthstream Technologies está a punto de completar una nueva evaluación medioambiental. Una que le da a las Minas Regal Gold el visto bueno en cuestión de salud.

—No puede hacer eso —dijo Jace. —Los resultados inventados no esconden lo obvio: la gente enferma si beben agua contaminada. Batchelor es implacable en los negocios, pero ni siquiera él arriesgaría la vida de la gente para enriquecerse.

—No tiene por qué hacerlo. El informe será acertado.

—Imposible. Incluso si pudiera limpiar toda esa agua, las aguas subterráneas seguirían estando contaminadas. Esa porquería tarda años en disiparse.

—A menos que la contaminación nunca existiera.

—Según el informe de Earthstream, existe. La evaluación del embalse de relave mostraba un alto nivel de contaminación...

Kat sonrió. —No olvides que Earthstream es la compañía de Batchelor. Ese primer informe decía que el agua estaba contaminada, pero no lo estaba. Inventó los resultados, sí, pero del modo inverso al que esperarías. Normalmente la gente falsifica resultados para ocultar algo malo. En este caso, Batchelor ocultó algo bueno. En realidad no le pasa nada malo al agua.

—¿Cómo justificas eso?

—No podía creer que él hubiera considerado comprar una mina contaminada. No solo porque es ecologista, sino porque no es como él opera. No ganó billones apostando por proyectos arriesgados como minas contaminadas con innumerables riesgos. Sus otras inversiones son conservadoras y busca ganancias seguras. Así es como me di cuenta de que debió haberse inventado todo el asunto.

—¿Cómo es eso posible? La brecha en el embalse de relave ocurrió de verdad. No puedes falsificar eso.

—Sí, sucedió —asintió Kat. —Eso le dio a Batchelor la idea, ya que no había tenido éxito al querer comprar las tierras directamente. Los lugareños no iban a vender y la mina quería demasiado dinero. Cuando sucedió el accidente, Earthstream fue contratado para evaluar los daños. Vio una oportunidad perfecta para hacer que las propiedades fueran menos deseables, y menos valiosas, al fingir que los daños eran mucho peores de lo que eran en realidad.

—¿La evaluación de los daños de Earthstream era una falsificación? —Jace sacudió la cabeza. —Eso parece mucho trabajo. Alguien lo averiguaría.

—No es nada difícil. Es solo un informe medioambiental. La mina no había estado operativa, así que cuando el accidente tuvo lugar, se contrató a una compañía local para lidiar con el problema. No solo su compañía evaluó los daños, sino que también realizaron los trabajos necesarios para detener más daños futuros.

«Earthstream contuvo el derrame antes de que nada se filtrara a las aguas subterráneas. Pero nadie se lo dijo a los lugareños. Batchelor les dejó pensar que el agua estaba contaminada cuando mostraron su preocupación. También le dijo a los ausentes propietarios extranjeros de Regal Gold que los daños eran mucho peores de lo que eran en realidad.

—¿Todo este tiempo el agua ha estado limpia?

—Sí. El derrame sucedió de verdad, por supuesto. Solo que no fue tan malo como todo el mundo pensaba. Pero los anteriores dueños de las Minas Regal Gold no lo sabían. Vendieron la compañía pensando que no valía nada, cargada con una enorme limpieza medioambiental. Pero ese no era el caso. Para nada.

Jace silbó. —¿Se la vendieron a Batchelor sin siquiera darse cuenta?

—¿Quién se lo iba a decir? —Kat dio golpecitos con su lápiz sobre el organigrama corporativo de Batchelor. —Me he pasado horas examinando docenas de informes reguladores para montar todo esto. Es imposible conectar los puntos hasta que lo ves sobre el papel. Earthstream prepara el informe, pero el comprador es otra de las compañías de Batchelor: Inversiones Westside.

El rostro de Jace mostró que lo entendía. —Y todo por lo que se preocupaba Regal Gold era por evaluar los daños y contener el derrame. Pensaban que lo tendrían fácil.

—Sí. De todos modos planeaban enterrar la mina. Era rentable antes del derrame, pero no lo suficiente como para justificar gastar millones para arreglar un enorme desastre ecológico. Batchelor lo averiguó, así que se aseguró de que la estimación de Earthstream para arreglar el desastre fuera mayor que los beneficios de la mina.

«No tenía sentido que Inversiones Lotus, los propietarios chinos de Regal, gastaran todo ese dinero. Regal es solo una de las muchas inversiones en su cartera. Tras el derrame, decidieron cortar por lo sano y vender sus acciones.

Jace asintió despacio. —Ya veo a donde quieres llegar con todo esto. Dennis le había ofrecido a Lotus una forma de salir de una mala situación.

—Sí. Las acciones no valían prácticamente nada una vez que los costes estimados de limpieza del derrame se supieron. Lotus sabía que no encontrarían más compradores. La única oferta les llegó de Inversiones Westside. 88898 Holdings le siguió poco después. Que en realidad eran Batchelor y MacAlister, ocultos tras compañías extranjeras.

—Todas basadas en la evaluación medioambiental de Earthstream.

Kat asintió.

—Pero Batchelor y MacAlister serán descubiertos al final —dijo Jace. —Cuando construyan en las tierras.

—No. Simplemente crearán otra compañía fantasma para comprar las propiedades a los actuales propietarios. Lo harán a través de varias otras compañías para complicar las cosas y esconder el rastro del dinero. Nadie sigue las transacciones bursátiles de una compañía minera que casi está en la bancarrota.

—Nadie más que tú –sonrió Jace. —Todavía creo que es un poco rebuscado, sin embargo.

—No lo creo, y lo demostraré––. Kat cogió un vaso de la alacena y lo llenó con la lodosa agua del grifo. Lo levantó para mirarla al trasluz y casi le dieron arcadas mientras estudiaba el turbio líquido.

—No te bebas eso––. Jace intentó quitarle el vaso de la mano. —¿Y si tus suposiciones son erróneas?

—No es una suposición––. Ella estudió el agua. —El agua tiene mal aspecto, pero las apariencias engañan a veces.

—¡Kat, no! Esa es una forma muy poco científica de demostrar tu teoría. Hagamos que la analicen primero.

—No hace falta––. Mantuvo el vaso fuera de su alcance. —Ahora o nunca. ¡Arriba, abajo, al centro, y adentro!

Se bebió el agua en tres sorbos y depositó el vaso vacío sobre la encimera. —Sabe igual que el agua en nuestra casa. Mejor, en realidad.

—¡Estás loca!–– Jace rebuscó en su bolsa y sacó su kit de primeros auxilios. —Estamos en medio de la nada sin acceso a un hospital, y tú vas y bebes agua envenenada. No puedo creer que hayas hecho eso.

—Alguien tenía que hacerlo. Además, nunca antes había bebido agua de glaciar––. Sonrió. —Es deliciosa.

Jace cogió la botella de vino de la encimera y vació el resto en su vaso. Sacó una pequeña botella de purificador de agua de su kit y lo vertió en el vaso. Lo removió con el dedo. —Toma. Bébete esto.

Kat sonrió y se lo bebió. —Si te hace feliz...

Jace sacudió la cabeza. —Para ser una persona lógica, haces bastantes locuras.

—No estoy loca, y no necesito esto––. Colocó el vaso sobre la encimera. —Hay algo en el agua, pero no es tóxico. Es solo colorante alimenticio o algo similar diseñado para hacer que el agua tenga mal aspecto. Parece contaminada, así que nadie se ha atrevido nunca a cuestionarlo. El agua embarrada cumplía su función.

—¿Colorante alimenticio?

Kat asintió. —Estoy segura de que el ingrediente que sea tiene otro nombre, pero funciona igual. Es algún ingrediente no tóxico que cambia el aspecto del agua.

—¿Pero cómo iba a conseguir nadie que saliera del grifo?

—¿Recuerdas la tubería rota que mencionó Batchelor? Eso pasó de verdad. Su empresa, Earthstream, la reparó. Fue una reparación menor, pero el trabajo le dio acceso al suministro de agua de la aldea. También le proporcionó los medios para falsificar la contaminación. Vio una oportunidad de beneficiarse de ello.

«Ni siquiera la brecha del embalse de relave fue un accidente. Preparó todo el suceso. El derrame nunca llegó ni a Prospector's Creek ni al agua potable. Todo fue orquestado para poder asustar a la gente—. Ella describió los peces muertos y el resto de la escena. —Los dueños ausentes de Minas Regal Gold no estaban por aquí para saber que no había sido un accidente. No querían arreglarlo, así que cuando les llegó una oferta de compra de la compañía, se lanzaron a ella.

—Vale, puedo ver que eso sucediera. ¿Pero cómo puedes demostrar que Batchelor está detrás de todo eso?

—Fue difícil averiguar esa última parte. Los dueños chinos vendieron sus acciones a Inversiones Westside, una compañía en las Islas Caimán. Al principio no pude encontrar ninguna conexión con Batchelor, hasta que vi la dirección de Westside en el descargo de la venta de las acciones. Compartía la misma dirección que otras compañías de las Caimán. Westside es propiedad de otra compañía: 247 Holdings. Adivina quién es el dueño.

—¿Batchelor?

Ella le dio un golpecito al organigrama de la empresa de Batchelor. —En última instancia sí. Hay otras empresas implicadas, pero ese es el resultado final.

—Es difícil creer que la brecha del embalse de relave fuera hecha a propósito, sin embargo. Batchelor es en realidad ecologista. ¿Por qué se arriesgaría a un desastre medioambiental?

—No lo haría. De hecho, demostró sus verdaderas intenciones

porque, para empezar, no hubo ningún derrame. Ni siquiera derramó los fluidos contaminados ni dañó el medio ambiente. Simplemente hizo que pareciera así.

——Pero el muro del embalse de relave estaba roto. Algunos contaminantes deben haberse escapado. Es obvio al mirar Prospector's Creek.

——No, el derrame nunca sucedió. El muro fue roto *después* de que se colocara el muro de contención. El lugar es remoto y simplemente usó su maquinaria pesada para hacer que pareciera una rotura. Prospector's Creek y las tierras de alrededor nunca estuvieron en peligro porque el muro de contención ya estaba colocado. Es una trampa preparada para que parezca un desastre. Un desastre que nunca sucedió.

——Como los efectos especiales en una película.

Kat asintió. ——Solo unas cuantas personas presenciaron la rotura real del embalse de relave ——dijo Kat. ——Adivina quiénes.

Jace se rascó la barbilla. ——Batchelor, Ranger, quizás el guardia de seguridad... todos trabajan para Batchelor. No me extraña que llegaran a la escena tan rápido para contenerlo.

——Exacto. Todo son ganancias para Batchelor. Nunca dañó el medio ambiente porque todo era fingido desde el principio.

Jace sonrió. ——Y los dueños ausentes se lavaron las manos al vender sus acciones. No pudieron esperar a escapar de su responsabilidad. No hicieron preguntas porque se sentían aliviados de que alguien les hubiera quitado un desastre ecológico de las manos.

——Correcto. Y nadie se da cuenta en realidad. Las acciones son vendidas poco a poco, y el único informe de cambio de propiedad está en la letra pequeña de un informe regulador. A nadie le importa. La empresa china evita los costes de una limpieza medioambiental. Batchelor acepta graciosamente esa responsabilidad como parte de la venta.

——Consiguió todas esas tierras por casi nada——. Jace asintió.

——Cierto. Pero seguía necesitando la propiedad de los Kimmel, y ellos no iban a venderla. Ahí es donde las cosas empezaron a ponerse feas––. Se acordó de Ed y se preguntó si él habría visitado las huellas de la motonieve como había prometido.

––Y ahora están muertos ––Jace frunció el ceño. ––¿Qué pasa ahora?

––Eso es lo que me da miedo. Helen, la hija de los Kimmel, todavía vive allí. Ella probablemente tampoco quiera vender.

# 18

La nieve amenazaba con volver a caer en cualquier momento. Aunque eran pasadas las tres de la mañana, Kat se sentía alerta y despierta. Sus hallazgos le habían dado un subidón de adrenalina.

Tenían mucho que hacer. ––Tenemos que ir a la mina y conseguir muestras de agua de los embalses de relave y de Prospector's Creek ––dijo Kat. ––Las analizaremos para demostrar que el agua está bien, puesto que las anteriores muestras eran falsas. Una vez que comparemos las muestras, podremos demostrar el engaño. El arroyo y el agua potable están tan limpias como siempre, no contaminadas.

––De verdad que deberías haberla analizado antes de beberla––. Jace la escudriñaba en busca de signos de envenenamiento. ––¿Y si te pones enferma mientras estamos ahí fuera?

Ella desechó su preocupación. ––Sabía que el agua estaba limpia. De otro modo nunca la habría probado.

Jace levantó las cejas. ––Esa es tu intuición, pero todavía no está demostrado. Tus síntomas podrían no manifestarse inmediatamente.

––No va a pasarme nada. ¿Recuerdas esta mañana en el desayuno cuando Dennis añadió hielo a su agua? El dispensador de hielo de su frigorífico está conectado directamente con el suministro del agua.

Nos dice que el agua no es potable, y aún así usa los cubitos de hielo directamente de las tuberías.

—¿No podríamos simplemente analizar un cubito de hielo como muestra?

—No. Necesitamos muestras en cada punto del proceso: el embalse de relave, Prospector's Creek, y el embalse. Necesitamos demostrar paso a paso que todo el suministro de agua está limpio. De otro modo, cabría la posibilidad de que alguien intentara modificar las cosas para encubrir todo el hecho.

—¿Te refieres a que usaran veneno de verdad?

Ella asintió.

—También necesitamos salir de la montaña —Jace frunció el ceño. —De otro modo las muestras no tienen sentido.

—Ya pensaremos en eso.

—Más nos vale advertir a los manifestantes que quedan. Ranger podría ir contra ellos.

—No sé cómo contactar con Ed o con los demás—. Incluso con los Kimmel, los manifestantes más vocales, fuera de juego, los demás manifestantes seguían siendo un obstáculo entre Batchelor y sus planes para el hotel.

Kat se puso las botas justo cuando una luz brilló por la ventana de la cocina. Se acercó a la ventana y miró fuera. El helipuerto estaba iluminado. Los rotores empezaron a funcionar cuando el piloto encendió el motor. Un puñado de invitados se quedaron a buena distancia del helicóptero, su equipaje sobre la nieve junto a ellos.

Kat se sorprendió de que el piloto se arriesgara a volar con el clima tormentoso, especialmente en mitad de la noche. Debía estar llevándoles al aeropuerto de Sinclair Junction, donde su viaje continuaría, presumiblemente en el Cessna privado de Batchelor.

Los constantes vuelos saliendo desde allí interrumpían seriamente sus planes. Era imposible escabullirse y atravesar la propiedad mientras los invitados estaban congregados fuera. Les llegaban voces por el aire. Estaban demasiado lejos como para distinguir sus conversaciones, pero la atmósfera jovial de hacía unas horas se había evaporado. Todo el mundo allí fuera parecía sombrío y ansioso. No le extrañaba, teniendo en cuenta el inclemente tiempo.

Jace se quedó junto a la cama delante de las puertas francesas. —Ese Ed... ¿ni siquiera sabes dónde vive aproximadamente?

—No tengo ni idea. Ni siquiera sé su apellido—. Y aún así tenían que advertirle. Cualesquiera que fueran los planes de Ranger y Burt, de algún modo tenían que ver con los manifestantes. De eso estaba segura, aún cuando no tuviera pruebas. Tuvo una revelación cuando recordó su conversación sobre las huellas de la motonieve. —Vive en dirección a la pendiente de la avalancha.

—Nos arriesgaríamos a una segunda avalancha—. Jace se rascó la barbilla. —Pero como hace más frío esta noche, probablemente estemos bien.

—Nuestra única otra opción es esperar hasta mañana. Esperamos a Ed en la barricada antes de la manifestación. Tiene que pasar por allí de camino a la mina—. Kat miró fijamente a las puertas francesas detrás de Jace. El balcón estaba iluminado por el resplandor de la luz exterior. Más allá de la barandilla cubierta de nieve, la luz descendió bruscamente hacia la helada negrura. Se preguntaba qué otros secretos guardaría el cañón.

—Eso es demasiado peligroso —dijo Jace. —Y odio decírtelo, pero ya es casi por la mañana—. Jace comprobó su reloj. —Amanecerá en un par de horas.

Ella suspiró. —Entonces ya está. No hay nada como el presente—. Habían estado hablando durante casi una hora desde que Ranger se marchara. De hecho, el helicóptero había regresado y estaba cargando otro grupo de invitados. Maldición, probablemente tardaría otra media hora en cargar y partir.

Jace miró por la ventana. —No podemos irnos todavía. Nos descubrirán.

—Nos iremos después de que se marche el helicóptero. Eso nos da al menos una ventana de media hora antes de que regrese—. Los vuelos del helicóptero eran una complicación inesperada. Caminarían en la oscuridad y solo encenderían sus lámparas de cabeza una vez estuvieran fuera de la propiedad.

Sus pensamientos volvieron a Ranger y a su anterior altercado. —Ranger se lo contará todo a Dennis. ¿A qué hora se supone que tienes que reunirte con Dennis? Si no volvemos a tiempo, será obvio que estamos tramando algo.

Kat miró por la ventana cuando una linterna se paseó por el césped. Otro invitado se dirigía hacia el helicóptero. Pero la linterna se dirigía hacia su cabaña en vez de hacia el helipuerto.

Ella no necesitaba ninguna luz para reconocer las siluetas de los dos hombres.

—Oh oh. Es Ranger, y trae a Batchelor con él—. A juzgar por su rápido paso, estaban enfadados. —Parece que ya han hablado.

—Ojalá pudiera subirme a ese helicóptero —dijo Jace. —¿Qué le digo?

—No lo sé, pero tenemos que encontrar el modo de desacreditar a Ranger—. Era su única oportunidad. Su marcha había vuelto a verse retrasada. Pero se dio cuenta de que la de Ranger también. —Si podemos retener a Ranger aquí...

—Podemos retrasar la explosión —Jace terminó su frase. —Pensaré en algo.

Ahora se daba cuenta de que los vuelos del helicóptero eran un golpe de suerte. Si ya hubieran salido de la cabaña, Batchelor y Ranger lo habrían descubierto y les habrían seguido, destruyendo su plan.

Ella se sobresaltó cuando uno de los hombres aporreó la puerta. Le hizo un gesto con la cabeza a Jace y él dejó entrar a los hombres.

—¡Sácale de aquí! —Kat señaló a Ranger. —Se coló en mi habitación y me atacó.

—Eso no es lo que pasó —Ranger entrecerró los ojos y la miró con rabia.

—¿Niegas haberte colado aquí?

—Estaba comprobando las...

Kat cogió su bolso de encima de la cama y pasó junto a los hombres. —Voy a subirme a ese helicóptero. En el momento en que entremos en zona de cobertura móvil, voy a llamar a la policía y contarles lo que hiciste. Pero primero le contaré a todo el mundo ahí fuera lo que me hiciste.

Jace frunció el ceño al principio, no entendiéndola. Un segundo más tarde cogió su bolsa y siguió a Kat.

—Espera un minuto —dijo Dennis. —Ranger solo estaba comprobando la cabaña. No se dio cuenta de que estabas aquí.

—Y tú —Kat señaló a Batchelor. —Tu empleado me atacó, a mí, a una invitada. ¿Qué pensarán el resto de tus invitados acerca de eso?

Fuera, el helicóptero cargó a varios invitados más y el piloto cerró la puerta. La docena o así de invitados que quedaban se paseaban por el camino, esperando ser elegidos para el siguiente vuelo.

—No puedes salir ahí —Dennis intentó interceptarla en el pasillo.

—¿Qué opciones tengo? No me siento segura aquí.

—Vale, vale—. Batchelor miró furioso a Ranger. Su rostro estaba enrojecido, claramente furioso. Se giró hacia Kat. —Él no debería haber hecho lo que hizo. Yo lidiaré con él. No volverá a acercarse a ti, lo prometo.

Dennis se giró y salió sin decir ni una palabra más, Ranger siguiéndole de cerca. Ella se dirigió hacia la ventana de la cocina y les vio dirigirse hacia el helipuerto. Dennis estaba en modo control de daños, probablemente buscando a Rosemary para interrogarla sobre la información que le había divulgado a Kat.

Al menos Dennis había prometido mantener a Ranger alejado. Su promesa no valía mucho, pero al menos les daba algo de tiempo. También parecía que, aunque Ranger hacía la voluntad de Dennis, sus métodos no eran totalmente condonados por su jefe.

Lo que era más importante, Ranger había sido apartado. Ella y Jace estarían solos y sin interrupciones durante un rato, libres para escabullirse hacia la mina.

Pero primero necesitaban asegurarse su supervivencia. No podía arriesgarse a dejarlo todo en su ordenador portátil, ya que todavía no estaban fuera de peligro. Ranger o Dennis todavía podían cogerlo y destruirlo. No estarían a salvo hasta que estuviera fuera de las montañas, ya que los dos eran los únicos que sabían la verdad. Una verdad que podría ser fácilmente suprimida con otro accidente.

Jace miró hacia el helipuerto por la ventana de la cocina para asegurarse de que Dennis y Ranger se dirigían de vuelta a la cabaña. —Se han ido, y el helicóptero también.

Las luces del helicóptero brillaban en la noche mientras se elevaba desde el helipuerto.

—Un segundo—. Ella copió sus hallazgos en un email y pulsó enviar. Jace se pondría furioso si descubriera lo del email, pero no tenía opción. Había pocas cosas peores para un periodista que el hecho de que le quitaran de debajo de las narices una exclusiva, pero era una cuestión de supervivencia.

Sus acciones eran o un salvavidas o la cosa más estúpida que hubiera hecho jamás. Rezaba porque no fuera lo último, pero no sabía qué más podía hacer.

—Es ahora o nunca. Vámonos.

Ella casi había cerrado el portátil cuando el mensaje de error parpadeó a través de su pantalla. El email no se había enviado. Maldito internet. El dinero de Dennis Batchelor podía comprarle poder y privilegios, pero la conexión a internet le eludía.

Pinchó en el email e intentó reenviarlo.

Nada. La pantalla de su portátil se quedó congelada. Todavía estaba intentando acceder a la conexión a internet.

—Vamos, Kat. Perderemos nuestra oportunidad. Deja eso y vámonos.

Se puso las botas y cogió su chaqueta. Cogió su mochila y vació el contenido del frigorífico.

Jace ya estaba en la puerta. —No necesitamos todo eso.

Ella no estaba tan segura. Podrían no volver a la cabaña.

Jace ya estaba fuera. Ella se detuvo por un momento y luego volvió a correr hacia la mesa para meter su portátil en la mochila. Dejarlo allí le daba aún más motivos a Ranger para destruirles.

Una pareja ya había encontrado la muerte prematura ese día, y las apuestas no estaban a su favor.

## 19

Una vez fuera, rodearon la parte de atrás de la cabaña y cruzaron el camino de entrada bajo la protección de la oscuridad. Desde allí se dirigieron hacia el camino en la línea divisoria. El frío aire nocturno conmocionó sus pulmones mientras se ajustaba la mochila.

Los vuelos inesperados del helicóptero, así como la visita a la cabaña de Dennis y Ranger, habían retrasado sus planes. Ahora solo tenían dos horas hasta la salida del sol, así que se dirigieron a la mina primero, dejando la barricada de los manifestantes para después. Localizar a Ed era impredecible sin información de contacto, pero aparecería finalmente en la barricada. Le pillaba de camino a la mina.

En cualquier caso, necesitaban muestras de agua de la fuente. No solo para el laboratorio, sino también para demostrarles a Ed y a los demás que no le pasaba nada malo al agua.

Un lobo aulló en la distancia, al parecer en la dirección a la que se dirigían. Un segundo lobo respondió a la llamada, seguido de otro y otro más. Al cabo de unos minutos una manada entera aullaba, sus aullidos subiendo en intensidad. Kat se estremeció.

Ni siquiera había considerado encuentros con la fauna salvaje puesto que era invierno, y ese día todo había estado muy silencioso y en calma fuera. Los osos hibernaban en invierno, pero los lobos no. Eran depredadores, y la comida era escasa en esa época del año. A excepción de la comida en su mochila, la cual había cogido por si acaso no podían volver a la cabaña. Teniendo en cuenta el hostil encuentro con Ranger, ¿quién sabía qué sucedería a continuación?

—Necesitamos acelerar el paso ––dijo Jace. ––¿A qué distancia está la mina?

—Está cerca. Pero es difícil caminar así en la oscuridad––. Su luz no era tan buena como había pensado, arrojando solo un leve cono de luz a medio metro o así delante de ella. Las asas de su mochila se clavaban en su mano. La mochila golpeaba contra su espinilla con cada zancada. Sus excursiones anteriores no habían incluido una mochila, y había subestimado el peso añadido. ¿De verdad había necesitado la mitad del contenido del frigorífico? Probablemente no, pero ya era demasiado tarde. Se le ocurrió que también portaba el aroma de comida para cualquier depredador cercano. Era cebo para lobos.

—A este ritmo nunca volveremos por la mañana ––Jace se detuvo para esperar.

Ella no podía pedirle ayuda sin revelar el contenido de su mochila. Eso significaba compartir su miedo de que podrían no regresar a la cabaña. Pero no había vuelta atrás. Todo había echado a rodar con su altercado con Ranger.

Los suaves copos volvieron. Aunque la nieve amortiguaba sus pisadas, también dejaba huellas. Su destino estaba claro para cualquier perseguidor, simplemente por sus huellas. Ella no había tenido eso en cuenta al planearlo. Quien hubiera planeado la trampa también estaría fuera en las primeras horas de la mañana, e inevitablemente sus caminos se cruzarían.

Pasó la mochila al hombro opuesto e intentó ignorar el dolor, que había mutado a un latido sordo. Ahora estaban completamente comprometidos, ya que no podían volver y arriesgarse a que les descubrieran.

Rugientes rotores cortaron el silencio cuando el helicóptero pasó por encima de sus cabezas. De vuelta a por otra carga.

Llegaron a un cruce del camino. —Por ahí—. Kat se dirigió hacia la izquierda y siguieron la pendiente hacia la mina. Ya estaban cerca. Con suerte el vigilante de la mina estaría ausente por las noches. No tenía ningún plan de contingencia por si estaba allí.

Ella iba lentamente colina arriba detrás de Jace y, tras una eternidad, llegaron a la mina. Kat señaló al cobertizo. —Dejaremos nuestras cosas ahí para no tener que llevarlas a cuestas. Si hay cualquier problema, podemos volver a por ellas más tarde—. Estaba impaciente por soltar su pesada mochila, y no tenía sentido acarrear su equipo todo el camino hasta el embalse de relave. Sus mochilas estarían secas y escondidas en el cobertizo mientras recogían las muestras de agua.

Siguió a Jace hacia la puerta delantera del cobertizo y vio con alivio que no había vehículos en el aparcamiento.

Jace toqueteó el candado. —No podemos entrar. Está cerrado con llave. Quizás no deberíamos molestarnos.

—¿Y si tenemos que echar a correr? Al menos nuestras mochilas estarán a salvo mientras cogemos las muestras. Además, todavía faltan unas horas antes de que podamos esperar que Ed llegue a la barricada. Necesitamos esperar en algún sitio.

—Si puedo abrirlo, claro. Pero no tengo herramientas.

Kat miró fijamente el brillante candado nuevo, fijado firmemente en su lugar. El vigilante lo había sustituido obviamente tras su visita. Se dejó caer contra un lateral del cobertizo, derrotada.

—¿Ahora qué?— Ella también había considerado el cobertizo como una especie de escondite, por si acaso les descubrían. Dependiendo de con quien se encontraran antes de la mañana, podría ser una necesidad.

—Relájate —dijo Jace. —Tenemos tiempo. Busquemos algo para cortarlo o forzarlo.

—Miraré por ahí, a ver lo que podemos encontrar—. La nieve caía pesadamente, cubriéndolo todo con copos húmedos y resbaladizos. Vio montones de aparatos oxidados, pero ninguno con partes removibles que pudieran ser usadas como barra para forzar la puerta.

Cristales se rompieron detrás de ella. Se giró en redondo pero no pudo ver a Jace. Miró alrededor del edificio. Jace había roto la ventana lateral con un ladrillo. Ahora podían trepar por la ventana. Suspiró de alivio. Tenían un refugio seguro, aunque no había esperado que él rompiera una ventana.

—Lo siento, pero me figuré que el tiempo es esencial—. Retiró los restos de cristales con su guante. —Y necesitamos un plan de emergencia. No sabemos con quién podríamos encontrarnos aquí arriba.

Buena idea también, ya que un candado roto o perdido era totalmente revelador. Una ventana lateral era menos obvia.

Ella asintió. —Estoy medio esperando ver a Ranger. Hay una razón por la que me quería fuera en el balcón—. Escalofríos recorrieron su espalda cuando se imaginó a sí misma cayendo al cañón de abajo.

Le dio unas palmaditas a su mochila, reconfortada por los duros rebordes de plástico del portátil. Todo lo que habían dejado atrás en la cabaña podía ser sustituido.

Jace la sorprendió al estar de acuerdo. —Estoy seguro de que él provocó esa avalancha de algún modo. Sabe que has averiguado algo, así que tiene que silenciarte. Dennis no le detendrá, ya que es exactamente lo que quiere: aterrorizar a la gente y que le entreguen sus tierras.

Él la dirigió hacia la ventana y entrelazó sus manos para darle impulso. Kat dejó su mochila y trepó por la ventana.

—¿Qué llevas ahí? ¿Rocas? —Jace hizo una mueca mientras levantaba su mochila.

—Solo un pequeño seguro—. Ella le quitó ambas mochilas de las manos antes de ayudarle a entrar. Guardó sus bolsas en una esquina, detrás de unas herramientas. Nadie las vería a menos que registraran el lugar.

Él saltó dentro y se limpió las manos. —Yo diría que esto se merece una estrella en comparación con nuestro anterior alojamiento.

Jace encendió una cerilla y miró alrededor. Los equipos arrojaban extrañas sombras de dinosaurios bajo la tenue luz. Aparte de las cerillas, no tenían iluminación. Ni calor tampoco. Era todo un contraste con la lujosa cabaña, y Kat casi deseó haber pasado más tiempo dentro.

Jace encendió otra cerilla. ——Ojalá pudiéramos hacer un fuego fuera——. Largas sombras atravesaron su rostro cuando se sentó delante de unas cajas amontonadas.

Cerillas.

Dinamita.

Jace estaba sentado a menos de un metro. Le cogió la mano y apagó la cerilla.

——¿Por qué has hecho eso?

Una fría ráfaga sopló por la ventana rota. El cielo pasó despacio a índigo mientras se acercaba el amanecer. Se estremeció. ——Te lo contaré más tarde——. Ahora no era momento de entrar en pánico. ——Recojamos esas muestras ahora——. Entrar y salir por la ventana parecía un esfuerzo desperdiciado, pero les aseguraba tener un refugio seguro hasta por la mañana. Rebuscó en su mochila y sacó un par de botellas vacías de agua. Le tendió una a Jace. ——Iremos primero a los embalses de relave.

Ella no tuvo agallas para decirle que su recién encontrado refugio era un cobertizo lleno de dinamita.

## 20

L os embalses de relave estaban completamente congelados. Kat buscó una roca y golpeó el hielo durante varios minutos antes de ser capaz de romper la acristalada superficie para llegar al agua de abajo.

Acababa de recoger una muestra del agua del embalse de relave cuando el helicóptero rugió por encima de sus cabezas. El *chop-chop* de los rotores se intensificó cuando la aeronave se acercó más. Se quedó paralizada, esperando a que el sonido se alejara mientras el helicóptero se dirigía hacia el helipuerto de Batchelor. En vez de eso, el rítmico ruido se intensificó. El helicóptero no estaba volando sobre la mina; estaba descendiendo.

—Vienen a por nosotros, Jace—. Kat le tiró del hombro. —Estamos atrapados—. Ranger y Dennis sabían de algún modo que estaban en el lugar, aunque no habían encontrado a nadie, ni siquiera al vigilante de noche. Probablemente les vieron con cámaras de vigilancia. Habían venido a por ellos una vez que el último de los invitados de Batchelor había sido transportado al aeropuerto.

Jace ladeó el cuello y examinó el oscuro cielo. —Lo oigo, pero no puedo ver nada con las nubes.

Kat se puso de pie de un salto. ––Más nos vale irnos mientras todavía podemos.

––Espera... quizás sea ese otro grupo de manifestantes. Ellos pueden ayudarnos.

––Son demasiados como para venir en helicóptero––. Ed y Fritz habían mencionado al menos a una docena de activistas. No solo eso, sino también que solo protestaban los días entre semana, y hoy era sábado. ––Ranger vio la pantalla de mi ordenador y sabe que he descubierto que Dennis es el propietario de la mina. Sabrá que estamos aquí cogiendo muestras del agua.

––Él todavía no sabe que has averiguado eso.

––Tal vez no, pero sabe que revelaré las tácticas sucias de Dennis––. Dennis se había tomado el trabajo de ocultar su propiedad en una red de compañías secretas. Haría lo que fuera para mantener su propiedad en secreto. Incluso si implicaba el asesinato. ––Vámonos.

––¿Pero a dónde? Si corremos hacia el cobertizo, nos verán atravesar el aparcamiento––. Jace miró hacia el cielo. Las patas del helicóptero aparecieron entre las nubes a unos cincuenta metros por encima de ellos, seguidas del fuselaje. El aparcamiento se iluminó con un tenue resplandor cuando la luz se reflejó en las nubes. El círculo de luz se expandió mientras el helicóptero descendía. Ráfagas de viento les rodearon. En menos de un minuto estarían expuestos a las luces del aparato.

Estaban indefensos sin la protección de la oscuridad.

Kat señaló al pozo de la mina mientras los rotores intensificaban su ruido. ––¡Corre!

El foco reflector del helicóptero transformó el aparcamiento en un extraño paisaje alienígena. Las luces azules y blancas bailaron sobre la nieve, creando un escenario de película bajo cero.

Se apresuraron a ir hacia el pozo y la oscuridad, pero el foco les siguió.

Se sentía como un animal en un documental de vida salvaje, perseguida por enemigos invisibles desde arriba. No importaba hacia donde se dirigieran; no podían escapar de los problemas.

## 21

K at se dobló por un ataque de tos a cinco metros del pozo de la mina. Le ardían los pulmones por correr a toda velocidad en el frígido aire. Apoyó una mano contra la pared de la cueva. Estaba polvorienta y sucia bajo su palma.

No podía ver a Jace en la profunda oscuridad, pero oyó su respiración esforzada.

Se sentía agradecida de haber dejado su mochila, o de otro modo nunca lo habría conseguido. ¿Pero y si encontraban su portátil? Estaba bien escondido dentro del cobertizo, pero la ventana rota era una obvia pista para buscar dentro. Su ordenador contenía la única prueba definitiva del engaño de Batchelor, aparte de la muestra de agua que sostenía firmemente en su mano. ––Creo que nos han visto.

––Tal vez, tal vez no ––dijo Jace. ––Sigue andando. Necesitamos alejarnos para que no nos oigan––. Sus pasos resonaban en la cavernosa cámara. ––El sonido se propaga aquí.

Kat siguió su voz mientras parecía alejarse. Unos metros más tarde, ella golpeó una pared. Literalmente. Le dolía la nariz donde se la había arañado contra la dura roca y tosió por el polvo. No podía correr a ciegas. Las minas eran lugares peligrosos.

Maldijo por lo bajo. En la oscuridad, ella no se había dado cuenta de la brusca curva de noventa grados en la pared de la mina.

—De prisa—. La voz de Jace resonó por la cámara en algún lugar por delante de ella.

El aire de la mina era rancio y Kat estaba ciega en la negra oscuridad. Se esforzó por mantener su impulso hacia delante, pero no podía ver hacia donde iba. —Espera, no creo que pueda continuar.

La voz de Jace respondió desde algún lugar a unos metros de distancia. —Tenemos que hacerlo. Existe la oportunidad de que no nos encuentren. Quizás no nos vieron fuera.

Ella arrastró los pies hacia delante, intranquilidad creciendo con cada paso. —Obviamente saben que estamos aquí. Nos hemos atrapado nosotros mismos—. Su rostro se ruborizó y se sintió claustrofóbica.

—¿Kat? —Jace estaba ahora al menos diez metros por delante, profundamente dentro de la mina. —¿Dónde estás?

Ella estaba a punto de responder cuando resonaron pisadas en la entrada del túnel.

Se le aceleró el corazón. Estaban arrinconados. No tenían ningún sitio a donde ir.

Tenía que alcanzar a Jace y rápido. Encendió la linterna de su teléfono y lo cubrió con su mano para mantener la luz como un estrecho haz delante de ella. Ella miró directamente hacia delante e intentó no mirar las paredes que se estrechaban y el bajo techo. Dio un salto cuando una roca cayó en alguna parte por delante.

Soltó un suspiro de alivio cuando la espalda de Jace apareció delante de ella. Se esforzó por alcanzarle. Su haz de luz cayó sobre unas cajas de madera vacías. Tenían los mismos rótulos que los que habían manejado Ranger y Burt.

Explosivos.

—¿Kat? Apaga la luz.

—No. Mira esto—. Enfocó su luz en el detonador de los explosivos. Se había dado cuenta demasiado tarde que habían cometido un error fatal. La carga estaba probablemente pre-programada para explotar durante la protesta. —Este lugar está lleno de trampas.

Jace maldijo por lo bajo. ––Aquí debe ser donde planearon hacerlo.

––El aparcamiento era demasiado obvio––. El corazón de Kat iba a cien por hora. ––Ranger y Burt planeaban atraer a los manifestantes aquí, donde la explosión se vería amortiguada. Nadie oirá nada.

Se habían colado directamente en su propia trampa mortal.

––Probablemente obligarán a los manifestantes a punta de pistola––. La voz de Jace era baja y tranquila.

––Ahora lo entiendo––. A Kat se le quebró la voz. ––Detonarán la carga y le echarán la culpa a los manifestantes, haciendo que parezca un accidente. Todos pensarán que los manifestantes sabotearon la mina haciéndola estallar, cuando en realidad eran las víctimas. Parece que hemos frustrado sus planes.

Su luz arrojaba sombras sobre el rostro de Jace mientras intentaba evaluar su reacción.

––Ahora nosotros somos las víctimas––. Sus ojos se abrieron como platos. ––Nos volará a nosotros por los aires.

Habían cometido un error fatal. Los explosivos se usaban en explosiones mineras todo el tiempo. Cosas habituales en una compañía minera, incluso si había estado inactiva últimamente. Cualquiera que oyera la explosión no se lo pensaría dos veces.

La mina estaba arruinada, era aislada, y nadie aparte de sus captores sabían que estaban allí.

Y había más de un detonador. Kat siguió los cables con la luz de su linterna. Recorría una pared hasta la entrada de la mina. El detonador en la cueva podría ser un plan B; o quizás lo accionaban remotamente. No sabía lo suficiente sobre explosivos para saber qué era. Y no quería saberlo.

Una voz profunda resonó por la cueva. ––¡Salid aquí ahora!

Ella tosió, una reacción involuntaria al polvo.

––Moveos.

Kat se giró en dirección a la voz del hombre. No sonaba como Dennis o Ranger. Su corazón palpitaba con fuerza cuando se dio cuenta de que no había escapatoria. Sin importar lo que hicieran, finalmente tenían que salir.

Eso podría ser algo bueno, ya que no significaba una inminente explosión. Les compraría algo de tiempo, dándoles una oportunidad para escapar.

—Tal vez sea el vigilante —dijo Kat, aunque no estaba convencida. A menos que el eco de la cueva distorsionara el altavoz, su voz parecía más joven y fuerte que el anciano hombre al que había conocido antes ese día. —No sonaba como Ranger. Y tampoco creo que sea Burt.

—Quien quiera que sea, más vale que hagamos lo que dice—. Jace le apretó el hombro. —Nada de movimientos bruscos hasta que sepamos lo que quiere.

La besó antes de girarse hacia la entrada de la mina. —Sígueme.

El corazón de Kat se aceleró mientras visualizaba el final de todo.

¿Sería la explosión suficientemente fuerte como para destruir el cobertizo al otro lado del aparcamiento? Alguien podría encontrar las pruebas contenidas en el disco duro de su portátil y revelaría la verdad. Eso era simplemente improbable, ya que todo en el mundo en el lugar trabajaba para Dennis Batchelor. Y no tenía dudas de que Ranger estaría registrando a conciencia todo el lugar para eliminar cualquier prueba incriminatoria.

Respiró hondo y siguió a Jace hacia la entrada. No tenía nada que perder, y no iba a rendirse sin presentar pelea.

## 22

Jace apretó la mano de Kat mientras se abrían camino de vuelta a la entrada de la mina. —¿Quién anda ahí?

—Jace, soy yo, Gord. Voy a entrar.

—¿Gord? ¿Qué demonios? —Jace no se lo podía creer. —¿Qué estás haciendo aquí?

—¿Kat no te lo ha dicho?

Un rayo de luz brilló dentro de la mina, cegándoles momentáneamente.

—¿Decirme qué? —Jace hizo una pausa. —Espera... no entres aquí. Nosotros saldremos.

Kat soltó un suspiro de alivio. El email había llegado a su destinatario después de todo. Algunas veces los milagros ocurrían de verdad.

Retrocedieron sobre sus pasos y caminaron junto al cable que se extendía desde el detonador hacia la entrada de la mina. Estaba dispuesto de forma chapucera y podrían haberse tropezado con él en la oscuridad. ¿Habría sido un tirón suficiente para hacerlo explotar? Ella no sabía nada sobre explosivos y prefería mantenerlo así.

Jace le tiró del brazo. —Vamos. No tenemos tiempo que perder aquí.

Siguió avanzando hacia la entrada y ella le siguió. Minutos más tarde se vio envuelta en una ráfaga de aire helado. El aire fresco nunca le supo tan bien.

—Oh tío, eres realmente tú —dijo Jace. —No tienes ni idea de lo contento que estoy de verte.

Gord Dekker estaba en la entrada con una linterna de alta potencia en la mano derecha. Técnicamente, era la competencia de Jace, ya que trabajaba para *The Daily Beat* tras haber dejado *The Sentinel* a principios de año.

Kat corrió hacia Gord y le abrazó. —¡Recibiste mi email! No pensé que se hubiera enviado—. No había tenido tiempo de cerrar su portátil por completo cuando salieron corriendo de la cabaña. Su programa de email había reenviado el mensaje. La defectuosa conexión a internet debió reconectarse lo suficiente para que el email le llegara a Gord.

Gord se retiró y le pasó el brazo por los hombros. —No conseguía averiguar por qué me estabas dando una exclusiva en vez de dársela a tu novio. Sabía que debías estar en apuros.

Jace puso expresión de asombro exagerado. —¿Le diste la historia a Gord?

—Necesitaba un plan de emergencia con alguien en quien pudiera confiar. Sabía que Gord comprobaría los datos y la historia más tarde si algo nos sucediera—. Ella rompió su abrazo. —Pero no pensé que lo harías en mitad de la noche.

—Por suerte para ti sufro de insomnio—. Gord se giró hacia Jace. —¿Preparados para irnos?

—Todavía no —Jace señaló al otro lado del aparcamiento. —Primero necesitamos sacar nuestras mochilas de ese cobertizo.

Kat siguió a los dos hombres mientras cruzaban el aparcamiento. Su intranquilidad creció conforme se aproximaba el amanecer, y no podía esperar a estar a bordo del helicóptero. El viaje de vuelta al cobertizo pareció durar una eternidad. Esperaba que el aparato no hubiera llamado atención indeseada.

Jace trepó por la ventana y pasó sus mochilas hacia fuera, luego salió él mismo. —¿De dónde has sacado un helicóptero?

—El de las noticias —Gord sonrió. —Me lo dejan prestado. Con el piloto, por supuesto, y una par de paradas para repostar por el camino. Hablando de lo cual, necesitamos ponernos en marcha. La gasolina es cara.

La luz del helicóptero brillaba como un faro en el extremo más alejado del aparcamiento mientras se dirigían hacia él.

——Empecé a pensar que estábamos acabados ——dijo Jace. —— Parece que hemos alargado nuestra estancia más de lo debido.

——La oportunidad lo es todo——. Gord alargó la mano hacia la mochila de Kat y se la colgó al hombro. ——Tu historia sale en la edición matinal. Por ahora sale a mi nombre, con vosotros dos citados como fuentes anónimas. Revelaremos vuestras identidades más tarde, una vez estéis a salvo——. Se giró hacia Jace. ——Me imaginé que no querrías salir a la luz pública ahora mismo.

——No quiero salir nunca a la luz pública ——Kat respondió por él. Prefería permanecer entre bambalinas.

——Tienes razón. No hasta que estemos fuera de este lugar——. Jace se dirigió hacia el helicóptero. Las palas del rotor se pusieron en acción. ——Lo cual me recuerda que no tenemos mucho tiempo.

Las palabras apenas habían salido de su boca cuando unos faros brillaron en el aparcamiento. Las ruedas del vehículo giraban en la nieve mientras se dirigía hacia ellos.

Ranger.

——¡Corred!—— El Land Cruiser aceleró y fue directamente hacia Kat.

El todoterreno estaba a menos de quince metros de distancia. Se acercó y amenazaba con alejarla del helicóptero.

Obligó a sus piernas a correr hacia la puerta abierta del aparato. Jace ya estaba allí, y Gord iba justo por delante de ella. Luchó contra el viento de los rotores.

——¡Vamos! ——gritó Gord. Se giró y la cogió del brazo.

El todoterreno de Ranger frenó con una sacudida a diez metros del avión. Saltó del vehículo y sacudió las manos hacia ellos. ——No podéis marcharos... ¡volved aquí!

Kat apenas había entrado cuando el helicóptero despegó. Se vio alarmada al ver que la puerta seguía estando abierta mientras se lanzaban hacia arriba. Se agarró al respaldo del asiento para estabilizarse mientras ascendían cinco metros, luego diez, luego treinta por encima del pavimento, donde finalmente se estabilizaron.

Gord cerró la puerta mientras el helicóptero ascendía. Al cabo de unos segundos estaban a cincuenta metros, luego a cien metros por encima del aparcamiento. Ranger y su todoterreno se transformaron en unos inofensivos puntos de juguete por debajo de ellos.

La luz temprana del alba le recordó a Kat las precarias condiciones meteorológicas mientras el piloto se esforzaba por nivelar el helicóptero. Se le revolvió el estómago mientras se abrochaba el cinturón de seguridad.

Minutos más tarde el trayecto se suavizó cuando el piloto aumentó la altura y se equilibró. Se giró hacia Gord, ansiosa por asegurarse de que venía ayuda de camino para Ed y los demás manifestantes locales.

Ella habló, pero no pudo oír su voz por encima del ruido del helicóptero.

Gord le tendió un par de auriculares y le hizo gestos para que se los pusiera. Gord y Jace siguieron su ejemplo.

––El piloto acaba de llamar por radio a la policía––. La voz de Gord crepitó en sus oídos. ––Arrestarán a Ranger y a Burt por el sabotaje de los explosivos. Contactarán con mi editor para conseguir tu archivo. Podría llevarles varias horas hacer más, ya que necesitarán ayuda investigadora por parte de las autoridades cercanas. Restringirán inmediatamente el lugar de la mina y se asegurarán que nadie suba allí. Las cosas empezarán a ir rodadas una vez que los investigadores de los destacamentos de los alrededores lleguen.

Ayuda externa era algo bueno, ya que Batchelor estaba acostumbrado a marcar sus propias reglas en el diminuto Paradise Peaks. Probablemente tenía sobornados a los oficiales locales. Después de todo, habían simplemente creído las palabras de Ranger en vez de investigar la avalancha. O bien eran corruptos o incompetentes.

Eso le dio una idea. ––Pídeles que se pongan en contacto con un manifestante llamado Ed. Los lugareños sabrán de quién estoy hablando. Sus fotografías de la escena de la avalancha demostrarán que no fue un accidente—. Ella no tenía más pruebas que su intuición.

Gord asintió. ––Tus notas sobre la avalancha y el haber presenciado con tus propios ojos los explosivos son suficientes para interrogar a Ranger y a Burt sobre ello. Pero será difícil demostrar la avalancha.

––Dudo que Batchelor coopere ––dijo Jace. ––¿Qué va a evitar que vuele a otro país? Simplemente se mudaría al extranjero, donde está su dinero.

––Creo que se quedará. Positiva o negativa, le encanta la publicidad. Su ego siempre se entromete ––dijo Kat. ––Está seguro de que Ranger asumirá la culpa por él. No creo que sea ese el caso.

––¿Por qué no? ––preguntó Gord. ––Probablemente le pagan bien por sus esfuerzos.

––No se trata de dinero ––dijo ella. ––Ranger se sintió traicionado cuando Batchelor no defendió sus acciones contra mí en la cabaña. No creo que fuera la primera vez. ¿Esos manifestantes de fuera del pueblo? Dennis les contrató para provocar problemas. Y para robarles protagonismo, digámoslo así, al grupo de protestantes locales. Eran manifestantes pagados a los que él controlaba.

«Al principio pensé que eran imaginarios, otro ardid de Batchelor para asustar a los lugareños. Pero Ranger afirmó que no sabía nada de ellos. Pero parecía estar muy enfadado con ellos.

«Como la mano derecha de Dennis Batchelor, debería haberlo sabido. Me di cuenta entonces que Dennis le ocultaba secretos a Ranger. Ranger debió haberlo descubierto también. Un tipo como él lo ve como traición. ¿Por qué debería arriesgar su vida por Dennis cuando Dennis no le contaba todos los detalles? Se sintió utilizado, y justo en este momento probablemente se esté cuestionando la lealtad de su jefe. Después de todo, es a él a quien van a arrestar, no a Dennis. Tengo la sensación de que revelará el papel de Batchelor.

Jace asintió. ––Él no va a ser el chivo expiatorio de un asesinato. Ningún trabajo merece tanto la pena.

Kat no podía estar más de acuerdo. Miró por la ventanilla del helicóptero mientras la salida del sol brillaba tras las montañas. Sentía alivio por dejar el valle, y los problemas, atrás.

Había sido un fin de semana de mierda y todavía no había terminado. Era irónico que hubiera tenido que escaparse de su escapada de fin de semana.

## 23

E l domingo por la mañana se extendió por el monótono gris monocromático de un día de diciembre en Vancouver. Nada demasiado dramático. Incluso las montañas estaban escondidas bajo un velo de nubes y llovizna. A veces lo monótono era reconfortante. Hoy se sentía absolutamente fabulosa. Kat observó la lluvia resbalar por la ventana.

Kat, Jace, y Gord estaban sentados en la oficina del centro de Gord en *The Daily Beat*. Se habían dirigido directamente a su despacho en el piso vigésimo-noveno, que miraba hacia el puerto de Vancouver, cuando su helicóptero había aterrizado hacía unas horas. No había dormido en casi veinticuatro horas, pero cerrar los ojos era lo último en su mente.

*The Daily Beat* había enviado a la imprenta la historia sobre los oscuros tejemanejes de Batchelor como su historia principal al cabo de una hora de los arrestos de Burt, Ranger, y Dennis.

Ella se inclinó hacia delante para echarle un vistazo más de cerca al monitor de Gord. El titular de portada le devolvía la mirada: *Dennis Batchelor – Engaño del Billonario Ecologista Revelado*

––No podría haberlo dicho mejor yo mismo––. Ella estaba a

punto de desviar la mirada cuando vio la firma de autor. Soltó una exclamación al ver su propio nombre. ––¿Pero por qué mi nombre? Pensaba que éramos fuentes anónimas.

––Eso no me parecía bien. Después de todo, es tu historia. Tú descubriste la corrupción, así que no puedo llevarme el crédito. Solo hice unas ediciones finales.

Kat hizo una mueca. ––Ahora estoy expuesta.

––Todo el mundo se va a concentrar en los culpables de la historia, no en ti ––Gord sonrió. ––Aunque mi jefe quiere hablar contigo. Algo sobre lo de convertirte en columnista invitada.

Jace gruñó.

––Me lo pensaré––. Le desagradaba ser el centro de atención, y aunque el trabajo sonaba intrigante, había tenido excitación suficiente como para un año. Entre lo de casi volar por los aires y su inesperado periodismo de investigación, sentía una renovada apreciación por su trabajo como contable forense e investigadora de fraudes.

Y montones de casos con los que mantenerse ocupada.

Después de las navidades, por supuesto.

Gord navegó por la página hasta llegar a una segunda historia. Esta era una denuncia sobre la corrupción y la presión del gobierno, con suficientes detalles jugosos como para avivar una investigación y una encuesta pública sobre los negocios de Batchelor con la mina. Aunque la noticia había saltado hacía unas horas, todo el mundo estaba hablando sobre el tema. Solo confirmaba las sospechas del público sobre la corrupción política. Ahora tenían pruebas concretas.

––Un vistazo en profundidad a los fondos de campaña de George MacAlister ––dijo Gord. MacAlister ya había sido suspendido de sus funciones cuando el gobierno se puso en pleno modo de control de daños. También se estaba considerando presentar cargos criminales contra él y Dennis Batchelor por corrupción.

––¿Cuándo has encontrado el tiempo para escribir una segunda noticia? ––preguntó Kat.

––En el viaje en helicóptero. Tú tenías la mayoría de los detalles. Solo añadí las contribuciones a la campaña de las últimas elecciones.

––Dennis financió casi toda su campaña, solo para que ambos pudieran beneficiarse de tratos ocultos sobre las tierras ––Jace sacudió la cabeza.

Gord asintió. ––La propiedad secreta de la mina por parte de MacAlister también ha sido revelada. Dejar su cargo es la menor de sus preocupaciones. Aparte del obvio conflicto de intereses, se enfrentará a cargos criminales por el desastre medioambiental.

––Pero el agua nunca estuvo contaminada ––dijo Jace.

––Él engañó conscientemente a la gente de Prospector's Creek. El Consejo de la Corona está considerando los cargos específicos ahora mismo. Cualquiera que sea el resultado, hay penalizaciones cuantiosas por falsificar las evaluaciones del impacto medioambiental––. Gord unió sus manos detrás de su cabeza. ––Su avaricia puso en peligro al público, así como al medio ambiente.

––Hablando del medio ambiente... ¿qué opinas de la ofrenda de paz de Dennis?–– Kat estaba sorprendida por la rapidez de la respuesta de Batchelor a la mala prensa. En un desesperado intento por recuperar el favor público, había anunciado su intención de donar la propiedad descontaminada de las Minas Regal Gold para su uso como parque público. Ya había elegido el nombre. Parque Gran Oso no atraía a Kat, pero al público en general parecía gustarle. Los publicistas de Batchelor, al menos, habían encontrado oro.

––Es solo un fino y velado intento de comprar su salida de todo problema ––dijo Gord. ––Ni siquiera estoy seguro de que sea una promesa que pueda cumplir. Inversiones Lotus, los anteriores propietarios, planean demandar para recuperar la mina. Quieren que la transacción de venta sea invalidada ya que estaba basada en información fraudulenta.

Kat se vio dominada de repente por el agotamiento. ¿De verdad había pasado solo un día en el mundo de Dennis Batchelor? Hoy prometía ser más de lo mismo y solo era por la mañana. ––Un día completo de trabajo y el día apenas acaba de empezar.

––Es fácil para ti decirlo ––suspiró Jace. ––Yo todavía tengo otro día completo por delante. Necesito terminar el borrador de Batchelor.

Gord le miró con incredulidad. —¿Vas a seguir escribiendo su biografía en las sombras?

—Por supuesto que sí. Mi contrato legalmente vinculante dice que me deben cien mil de los grandes cuando lo complete. Pretendo recoger lo que se me debe.

—No te pagará nunca —dijo Gord. —Especialmente ahora que se ha visto expuesto.

—Tiene que pagarme una vez que yo le entregue mi parte del trato. Una biografía por un escritor fantasma, como dice el contrato —dijo Jace. —Probablemente no verá la luz del día con todo esto que ha pasado, y eso me parece bien. No me importa lo que haga con ella, siempre y cuando me pague. Y más le vale hacerlo, a menos que quiera otra demanda judicial.

Kat pensó que Jace parecía sorprendentemente calmado. —Y pensabas que nunca escribirías un libro.

—Espera a ver el siguiente —dijo él. —Una biografía no autorizada exponiendo todos los trapos sucios y la corrupción de Batchelor. Mucho más jugosa que la versión escrita por un escritor fantasma.

—Un auténtico superventas —dijo Gord. —La gente quiere ver sus secretos revelados.

Y Batchelor seguro que tenía montones.

—Espero que Dennis también se enfrente a tiempo en prisión —dijo Kat. —Es responsable indirecto de las muertes de los Kimmel.

Los investigadores habían descubierto los planes secretos de Batchelor para el nuevo hotel cuando registraron su cabaña hacía menos de una hora. Una vez tuviera todas las tierras que necesitaba, afirmaría que había descontaminado la mina y se convertiría en un héroe. El nuevo informe medioambiental demostraría que la mina y Prospector's Creek se habían recuperado completamente del desastre ecológico que nunca había sucedido, para empezar.

Qué trágico que los Kimmel nunca consiguieran ver su duramente conseguida victoria. Al final habían ganado, pero lo habían perdido todo en el proceso.

La nueva carretera de Batchelor no sería construida y la que ya existía tampoco sería desviada. Permanecería donde estaba, manteniendo a Paradise Peaks aislado e inconveniente para llegar hasta allí. El único cambio fue que la aldea conseguiría una actualizada carretera de acceso con la condición de que la inmaculada naturaleza fuera mantenida.

Todo volvería a ser como era hacía cinco años, antes de que Batchelor hubiera empezado con sus maquinaciones. A veces el mejor progreso era no tener ninguno.

Ed Levine tenía razón al decir que ecologismo era una palabra de ciudad. Las palabras no eran nada si no había sustancia tras ellas para apoyarlas.

Si haces lo que predicas, no necesitas ponerle nombre para hacerlo bien. No llamas la atención hacia lo que haces. Una vez que se convertía en algo sobre lo que escribir en un blog, algo que comprar o suscribirse, la verdad se perdía en el proceso.

Kat miró fijamente al lluvioso paisaje. Incluso con la nieve en Paradise Peaks, no había sentido el espíritu navideño hasta entonces. Se giró hacia Jace. —¿Sabes? En realidad nunca conseguí esa escapada de fin de semana que me prometiste. Después de trabajar todo el fin de semana, necesito relajarme.

—¿En algún lugar tranquilo? —el rostro de Gord no delataba ninguna emoción. —Podría enviarte para un trabajo en Luxemburgo. He oído que hay algunas transferencias de dinero que necesitan investigarse.

—Creo que paso —se rio Kat. —Mi casa me parece bien todo el tiempo.

La nieve cubría las cimas de las montañas North Shore al otro lado del puerto y, de repente, parecía navidad. No era que ella necesitara nieve para sentir el espíritu de la navidad. Ella no necesitaba palabras de ciudad ni ninguna otra palabra.

Como Ed Lavine, ella no necesitaba ponerle nombres o crear una marca. Simplemente lo disfrutaría.

~

Si te ha gustado *Greenwash: Un Engaño Verde (Los Misterios de Katerina Carter)*, lee las dos primeras historias de la serie: *Fraude en rojo* (un relato corto) y *Luna azul* (una novela corta)

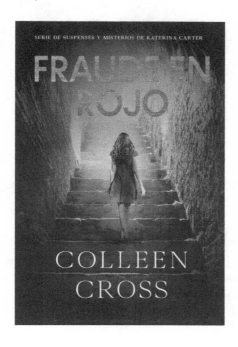

Visita su página web para recibir más información sobre sus últimas publicaciones: http://www.colleencross.com

# NOTA DE LA AUTORA

Greenwash está basado en el hermoso sudeste de la Columbia Británica, Canadá, justo al oeste de las Montañas Rocosas. Paradise Peaks y Sinclair Junction están acunados en las Montañas Selkirk. El paisaje es arrebatadoramente hermoso, pero también mortalmente implacable cuando la Madre Naturaleza ejerce su poder.

Avalanchas, corrimientos de rocas, e incluso desastres económicos pueden suceder en cualquier momento. La zona ha sufrido muchos ciclos de subida y bajada, evidenciados por los muchos pueblos fantasma que salpican el paisaje. Muchos más se han desvanecido por completo, pero el original espíritu fronterizo de sus habitantes vive todavía en sus actuales residentes.

Aunque Paradise Peaks y Sinclair Junction son pueblos ficticios, son un compuesto de las aldeas y pequeños pueblos que llevan una precaria existencia, dependiendo de la explotación de sus recursos o del turismo rural. Como os podéis imaginar, los dos no siempre van de la mano. Esto lleva a una incómoda coexistencia, y a veces a enfrentamientos y controversia.

La gente que habita esos lugares son especiales. Rudos y resistentes, saben que las cosas pueden cambiar en un instante. Tanto si es la afluencia de vetas de oro, una línea de ferrocarril desviada que trae la ruina económica, o un corrimiento de tierras eliminando un pueblo en segundos, han visto catástrofes y que nada dura para siempre. Sobreviven a fuerza de ingenio, planes de contingencia, y un gran respeto por la naturaleza.

Tanto los habitantes históricos del siglo diecinueve como sus habitantes actuales, esas personas me inspiran.

Como canta Joni Mitchell en su canción *Big Yellow Taxi*, nunca sabemos lo que tenemos hasta que lo perdemos. No puedes pavimentar el paraíso, pero tampoco puedes detener el progreso por completo. Encontrar el equilibrio requiere escuchar a todo el mundo, no solo a los más ruidosos o a los más poderosos.

Son las voces más calladas las que busqué cuando escribí este libro. Sus palabras podrían estar amortiguadas, pero nunca serían silenciadas. Respetan el equilibrio delicado de la naturaleza y se ganan la vida sin molestar ese equilibrio.

Escuchémosles.

Descubre más sobre mí y mis libros en mi página web: http://colleencross.com/espanol/ e inscríbete para ser notificado de mis nuevas publicaciones. Solo recibirás un email cuando tenga un nuevo libro publicado. El email será enviado en inglés.

Gracias por leer mi libro. Espero que hayas disfrutado leyéndolo tanto como yo disfruté escribiéndolo. Si pudieras considerar escribir una pequeña reseña, lo agradecería. Me ayuda a planificar mis libros futuros y a determinar si debo continuar escribiendo una serie. Muchas gracias.

# OTRAS OBRAS DE COLLEEN CROSS

Los misterios de las brujas de Westwick

*Caza de brujas*

*La bruja de la suerte*

*Bruja y famosa*

*Brujil Navidad*

Serie de suspenses y misterios de Katerina Carter, detective privada

*Maniobra de evasión*

*Teoría del Juego*

*Fórmula Mortal*

*Greenwash: Un Engaño Verde*

*Fraude en rojo*

*Luna azul*

No-Ficción:

*Anatomía de un esquema Ponzi: Estafas pasadas y presentes*

*¡Inscríbete su boletín para estar al tanto de sus nuevos lanzamientos!*

http://eepurl.com/cojs9v

www.colleencross.com

Printed in the USA
CPSIA information can be obtained
at www.ICGtesting.com
LVHW051317061023
760242LV00030BA/216/J